被愛，卻孤獨

橘子作品26

Love me deeply, Love me lonely

自序

八年

這是八年前的我，和八年後的我，合體所寫成的小說。

八年前的我，在完稿《對不起，我愛你》之後，接著又寫下這部作品的前身，故事前身是我曾經以本名曹筱如在皇冠出版社出版過的《故事從一個叫作S的女孩開始》，這是被更改過的書名，這不是我會給橘書取的書名，於是等到八年的時間經過，終於，我能夠再將它開啓，然後，重新改寫，完稿。

尤其，是重新讓它擁有身爲創作者的我、認爲它該有的書名。

這是八年前後的我的改變，八年前的我，什麼事都只能點頭，只求，有人還願意出版我的書就好；而八年後的我，則可以擁有自己的意見，或者說是，自由。

在重新鍵入The End的當下，我很想重新再走回那家咖啡館，那家位於高雄火車站前的咖啡館，而位子，和當年一樣是四樓，靠窗。

因爲故事是從那個位子開始，也是從那個位子結束，在八年前我寫下這部作品的前半冊時；我想重新坐回那個位子，給自己重新點上一杯熱拿鐵，然後告訴當年的自己：終究，妳還是找回了自己，而且，妳會笑著回憶那個妳。

最後，我會在心底，安靜而無聲的播放那首陪了當年的我好久好久，而如今早已經不再聆聽的歌曲，莫文蔚的〈Slowly〉。

橘子

開場白

For S：

我一直以爲我寫的是他
而其實，我寫的是妳，
以及，
那一年的我們，還有妳

徐韻芯

坦白說當我接到S的電話時，除了莫名其妙之外，再也沒感覺到多餘的什麼。

首先，我們連朋友都稱不上是。我只見過S兩次面，兩次都因爲維杰的關係，對於S這女孩，也僅止於片面的聽說，而特別則可以作爲這所謂片面聽說的總結；朋友們像是約好了似的、一致性地認爲S這女孩特別，我不知道爲什麼，也沒想過要問，我不是很喜歡S。我連她的眞實姓名都不知道。

我只知道朋友們都喊她S，只喊她S。而維杰呢？我注意過他們那群人裡面唯獨維杰不喊她S，也不喊她名字，我將這點視之爲親密的表徵，我不會也不敢承認我嫉妒，可是千眞萬確我連這點都嫉妒，我覺得自己好傻好悲哀。我覺得自己很傻，當愛一個人愛到連自己都明白愛得太傻的時候，究竟是該解釋成爲幸福，又或者眞該直接說是不幸？

我儘量不去想這個問題，關於維杰之於我，又或者應該維杰和S。

S。

我眼中的S，只見過兩次面，卻印象太深刻的S。

或許S的行爲舉止、思考模式和一般的女孩之間存在著相當程度的差異，但我並不因此就認同朋友們感覺S特別的原因是、我並不認爲他們眼中所看到的S就是她眞正的樣子。這麼說或許很奇怪，但確實我固執的以爲：他們眼中所看到的S，其實只是她刻意表現出來的假象，或者他們潛意識裡對於S這女孩的期望投射，或許就直接說是S的保護色吧、我想；而關於S眞實的原我、其實並沒有任何人完全窺探過，甚至連她自己也不曾完全窺探過也不無可能。

至少當時的S給我的感覺就是這樣：她違背著眞實的原我活著，還不自知。

說說我和S的那兩次見面。

S總是和一群朋友熱熱鬧鬧的出現，但最後卻總是提早獨自離開，關於這點、我是覺得很納悶的；我不知道S是誰的朋友，她好像和他們所有人都早已熟透，以一種理所當然的姿態出現，出現在我們之間。

姿態。

第一次見到S是在台北的國際書展，她和那群朋友一同去捧場維杰的簽名書會，於是維杰介紹我們認識。而混血兒則是當這張初次見面的臉、佔滿我的視線時，我當下的直覺，或許是她那頭自然的不像是加工過的亞麻色長髮所令我產生的直覺。

她讓我直覺聯想起日本一位美日混血的女明星。

她們同樣都有種豹子般的野性氣息：或許可以猜中當下她心中正在想著什麼，但卻絕對無法預期她下一步會做些什麼。而她臉上的妝以及耳朵和耳骨上成串的耳環則加深了這個既定印象，她們同樣都是細骨架、卻幸運的是骨感中依舊存在著豐滿的性感，介於女孩與女人間的那種微妙性感，能夠輕易地令人緊張、卻又移不開視線；看得出來這女孩對於穿著打扮有一定程度上的講究，當季所有的流行元素都可以從她的身上發現，並且還搭配得宜；還有、她擁有非常合適微笑的眼睛和嘴角，說穿了大概就是一般男人會著迷的那種類型吧。

我特別注意她的眼睛。

S的眼睛散發出一股奇異的光，起初我斷定她是戴了時下女孩流行的瞳孔放大片或者角膜變色片之類的，然後仔細定看才發現卻不是；無論是男人或者女人的角度而言，那都是一雙帶著電的桃花圓杏眼，可是在我看來卻以爲，那是在S的身上存在著某種極不安定的巨大力量，而眼睛是她唯一宣洩這股力量的出口。可惜的是當時的S還不懂得與那力量和平共處。

S擁有一種能夠輕易牽動他人情緒的特質，而她自己也明白這點，並且利用得恰到好處；於是在眾人的場合之中，S總是熱鬧的中心點，只是連S自己都毫不自覺的是：她同時還擁有另一種能夠輕易將所遇到的人共同捲入她所處的混亂之中這能力。關於這點，我也是往後才終於發現。

那是我和S的第一次見面。

我們沒有說上幾句話，當維杰介紹我們相互認識之後，S並沒有待上多久便趁著我們談話的空檔悄悄溜走；當時我就隱約感覺這女孩好像很難在同一個定點靜靜待著，而事實也證明從一開始我就沒看錯，無論是這點，又或者其他。

簽書會結束之後，我們一行人移駕到附近的餐廳晚餐，維杰像是理所當然般的坐在我身邊，而S則是和另一群人坐在我們前方的桌子；以S爲中心的那張桌子始終熱鬧到底，看得出來那群人都很喜歡S，並且習慣以她爲話題的中心。

整個晚餐席間S一直走來走去的，卻怎麼就是不曾走向我們，但維杰卻好幾度走到S身邊，甚至趁著她離席的空檔坐到她的座位上、加入她熱鬧的中心。那樣的維杰讓我感覺到很陌生，因爲自從認識他以來，維杰就是被人群所圍繞慣了的人，我以爲該主動走近的不是維杰卻是S。

然而那件事情我從來沒有對任何人提起過，我也說不上來爲什麼，但我就是很難將當時透過我的眼睛所看到的**那個畫面**以最正確的言語表達。我不想要造成任何的誤解。

當時我望著抽著菸的S望到入迷，是的，入迷。

無法計算是第幾次S起身離座到門外獨自抽菸，她正好站在我左前方的落地窗，我的視線得以直視她的側臉，我當時看見悲涼。那悲涼存在於她眼神中的最深最底處，凝望著煙霧瀰漫中的S，我當時有種很奇異的錯覺：彷彿隨著菸絲的燃燒殆盡，S的存在也將隨之變薄，只留下悲涼，不該屬於那張年輕臉龐的、悲涼。

我不懂爲什麼那樣年輕的臉，竟會屬於一個悲涼的靈魂？

第二次見到S則是因爲維杰的生日，秋天。

當時S一見到我就表現出不可思議的熱絡，或許不明就裡的人會以爲自從上次的初見面之後，我們便一直保持著熱切且頻繁的聯繫也不一定吧？但事實卻不然，甚至我壓根沒有想過會再見到S這女孩。

聚會裡差不多是上次的那一群人，而這次我們來到一家很難教人留下深刻印象的夜店，至今我依舊無法理解、到底爲什麼當時候我們會去到那種地方，感覺上並不是很正當的場所，因爲我和維杰都不是熱衷於飲酒作樂的那種人，不過維杰那天倒是跳舞跳得很開心，所以我猜想這大概是S的提議吧。她給人的感覺就是那種成天吃喝玩樂喝酒跳舞的派對女孩。

然而之所以對那晚留下深刻印象的原因，並不是因爲那是我初次的夜店體驗，而是因爲在那天夜裡我看見S的寂寞、第一次。我不知道原來像她那樣慣於熱鬧的女孩其實也會寂寞；其實至今我依舊無法找到確切的字語來形容當時我眼中所看到的S，但我想寂寞這兩個字或許是最接近的吧。

當時夜才拉開序幕，我們一行人懶洋洋的坐在沙發上漫不經心的隨意聊著，閒聊間有人說了個並不怎麼高明的笑話，席間有人配合的乾笑兩聲，有人則裝作沒有聽見或者乾脆拿起酒杯喝酒，就唯獨S稀奇似的笑了起來；我當時很是百思不得其解，因爲不管是在任何人的眼中，S怎麼說都算得上是具有幽默感的人。

S就這麼一直笑啊笑的，笑到整個人都趴在桌子上還停不住笑，笑到大家都尷尬了她依舊在笑，起初我們很不知所措的望著她，但後來也就隨她去了的前後上舞池跳舞，只留下還在笑著的S，以及不跳舞於是待著的我。

就是在那個當下，我驚訝的發現、不知道從什麼時候開始，S的笑竟變成了哭泣，她伏在桌子上，其實只是爲了掩飾她的哭泣。

她爲什麼哭？怎麼了？

我的眼神就像是被捉住了似的凝望著正在哭泣的S，那時候的我彷彿是失去了行爲能力似的不知所措、只除了凝望著S；不確定是過了多久的時間，S終於起身，她已經失去焦點的眼神空洞的望著，而臉上，沒有任何稱得上是表情的東西。

最後S捉起包包，一語不發的離開，那晚沒再回來過。我沒見過那樣的S，我沒想到那會是我們最後一次見到S。

我們，包括維杰。

後來聽說維杰和S之間鬧了些不愉快，在一次爭吵之後，維杰收到S傳來的簡訊，簡訊裡乾乾脆脆的寫道：不要再聯絡了。真的，S就沒再出現過他們任何人面前，聽說是連手機都給丟掉了的那種不再聯絡。

維杰對於S的這個舉動並沒有任何的反應，但越是沒有反應、往往越是維杰壓抑自己的表現，尤其當維杰得知其他的朋友試圖撥手機給S的時候，得到的回應也是千篇一律的：這個門號暫停使用。於是他們才恍然發現，原來手機號碼是所有人能夠聯絡得上S的唯一方法。

至於維杰和S爲了什麼大吵一架？究竟是發生了什麼不愉快得做到這種無法挽回的決裂？維杰對此絕口不提，只肯說是因爲S單方面的私事，而基於某些私人因素的考量，他是無論如何不會、也不應該道出。

任誰都看得出來這件事情對於維杰確實是造成了某種程度上的磨損，儘管維杰是那麼刻意的想要掩飾。

對此我是完全不會感覺到意外的，對於他們終究是走入僵局的這件事情。我始終覺得他們是以戰鬥的姿態對待彼此的，儘管他們對於彼此確實是抱持著相當程度上的欣賞以及好感，但卻怎麼也拿捏不好相處的距離，或力道。

他們像是兩尾外表華麗的鬥魚，只適合隔著透明的魚缸遠遠相望、而不應該被擺在同一個空間，否則必然兩敗俱傷，就像這樣。

這結果。

那我呢？

每個人都是那麼理所當然的將維杰和我視爲一對，理所當然地令我夜裡想起都會心痛，心刺痛；因爲我就是無法理所當然的把維杰和我的男朋友這兩個名詞劃上等號。我覺得很痛苦。維杰一向就是慣於把情緒甚至情感壓抑於內心最深最底處的那種男人，尤其是對於愛情。

我知道我們之間對於彼此是比喜歡多一點，但卻又比愛少一點，這樣無法正確定義的模糊關係常常教我感覺到痛苦，痛苦，卻又無能爲力。

無能爲力的痛著，苦著。

如果不是因爲S的出現，我會一直以爲維杰只是把我當成妹妹對待，因爲維杰始終待我如同一位溫柔的兄長。維杰曾經有個妹妹，維杰很疼很疼他的妹妹，然而維杰的妹妹卻在她十六歲那年失蹤，爲什麼？怎麼了？不知道。

因爲S的出現，於是維杰把他對於我的那份屬於妹妹的情感抽離移轉到S的身上，原本我以爲如此維杰對於我便會只剩下愛情的成分，然而實際上卻不然；維杰自己也承認，S在他心中確實比起我來、更符合他記憶裡、心裡妹妹的形象，不是因爲年紀，而是因爲其他的什麼。

「其他的什麼呢？」

有一次，我試著這麼問他。

『或許是迷亂吧。』

然而在許久之後，我才終於明白，維杰話裡、S的迷亂，也終於知道爲什麼維杰對待S特別嚴厲。

終於明白。

第一章

嘿！我們的故事要開始囉。

——S

◆之一　鄭維杰

之所以會認識韻芯，是因爲那天以禾帶著她來到我當時還兼作繪畫教室的工作室。

以禾聲稱他完全無法忍受電腦螢幕的色差，於是三天兩頭就會往我的工作室露上一面，多半爲的是拿到書的封面或者順便送來樣書和支票；儘管我告訴過以禾很多次、有種東西叫作快遞，而且一通電話就可以搞定，簡直就比7-11還方便，但以禾就是管他去的每次每次都要親自跑來取件或送件。

如果不是因爲太了解以禾這傢伙的話，我會多心的以爲他是堅信親自催稿遠比電話催稿要來得有用許多，但正是因爲太了解這傢伙了，所以我完全相信以禾只是找盡藉口從辦公室開溜。

我拖稿的口碑在業界十分響亮，雖然十分不願意承認，但確實比起我的作品而言，這甚至讓眾家出版社留下更深的印象。

『維杰的插畫作品相當有品質，找他絕對可以放心，放一百二十個心，但前提是最好做足被他拖稿的心理準備。』

我經常聽到這樣的耳語，畢竟出版業是個小圈子，而設計界也是；以至於那個故事在業界已經流傳到我本人聽到連下輩子恐怕都沒辦法忘記了吧？那是我的拖稿代表作（時至今日我已經學會用豁達的態度自嘲）：deadline已經過了兩個月將近，實在忍無可忍的出版社老闆於是親自來到我的工作室、就坐在我的Mac旁邊陪著我（或者說是逼著我）做稿，就這麼耗掉將近八個小時左右的時間之後，當封面成品終於出現在電腦螢幕上的時候，出版社老闆是喜極而泣到差點拍膝蓋叫好，然而緊盯著成品的我，卻依然覺得有個什麼不夠好，於是我嘟囔著：「我覺得還可以更好。」之類的碎語，接著就這麼一個按鍵就把這八個小時的心血從我們眼前毫不囉嗦的刪除。

往後回想這個畫面時，我很是後悔沒有注意當時這位出版社老闆哭了沒有，因爲後來有幾個版本傳言他當下就哭了出來。這個版本從來沒有被我們兩個證實過。

這大概就是爲什麼我得兼著教畫的原因吧？我想。

我溫吞且吹毛求疵的效率無法換得足夠的金錢支付生活開銷、時間成本，而且重點是，我注意到越來越少出版社願意和我一樣拿時間當賭注換取作品的品質了；我們活在速食年代，我認了。我也很羨慕那些可以又快又精準同時還顧全了品質的設計同業，不過我不是那塊料，我知道，不過無所謂。

強求不來的東西，反正也無須費心惋惜。

如果不是遇見韻芯，我會以爲比起有截稿壓力的繪畫本身、我更喜歡輕鬆自在的教學生畫畫，彷彿之前的作品經驗爲的只是累積名氣開畫室，其實也可以說是，後來的我、試著這麼說服自己。直到韻芯的出現推翻了這份自欺。

她是觸動了我腦子裡那塊從未觸及的區塊，我眞的這麼以爲，始終這麼以爲。

當以禾帶著韻芯出現在我的工作室那天，我先入爲主的以爲他們是一對情侶，甚至以禾還沒開口、只是笑嘻嘻的出現，我就直覺認定了他來拿封面稿只是想要提早溜班的藉口，而隨後他們兩人就要甜蜜約會去；確實離開我的工作室之後，他們是一起共進了晚餐沒錯，不過那卻是單純討論出版計畫的公事意味濃厚晚餐；我當時還沒意識到韻芯似乎和任何人擺在同一個畫面、看來都像是對情侶，我當時只注意到她很緊張。

『他做過妳前兩本書，就是害我們等出白頭髮以及呑掉一缸子百憂解的那兩本書。』

爲我們相互介紹之後，以禾丟下這句話，然後就把這當自己家似的，跑去打開我的冰箱找啤酒喝，然後走到後面陽台抽菸。

「久仰了。」

我說，而接著她的反應是緊張，只剩下緊張，彷彿我說的不是久仰久仰，卻是厲聲責備：爲什麼妳接下來的封面換了別人做？請妳給我一個合理的解釋！

彷彿是個在遊樂園裡和爸媽走失的五歲小女孩，這是我當下對她的感覺，也是當下我腦子裡浮現的畫面。

「妳和以禾很熟嗎？」

她點點頭又搖搖頭，她緊張依舊，她說：

『不算熟，但他是我的責任編輯，我們認識好幾年了。』

「我也是，他是主要跟我催稿的人，但他很會裝熟。」

我試著開玩笑緩和她的緊張，但沒用，她看起來像是希望自己立刻消失的樣子；我想問她爲什麼那麼緊張？是因爲我還是她天生就容易緊張？

我沒問，我說：

「妳和我想像中的作家不太一樣。」

『嗯？』

「妳很年輕，我想像中的女作家都是張愛玲或者龍應台那樣子的女士。」

她尷尬的笑笑。我知道禮貌上是該放她離開或者把以禾喊過來緩和氣氛，但不知怎的、我就是想要繼續看著她，讓腦子裡模模糊糊的什麼繼續滋長，逐漸成形。

我問她：

「妳幾歲？」

『二十一。』

「還在念大學？」

『沒有，我休學了。』

「爲什麼？」

『蹺課蹺過頭了。』

「呵，所以妳從大學就開始寫作了？」

『高中。』

「好厲害。」

她詞窮了，當然也可能是這話她聽多了所以膩了於是就直接的沉默了。

無論如何當下我腦子裡的畫面也成形了，於是我微笑著道：「很高興認識妳。」作爲這場短暫對話的句點，同時要自己忍住不要輕拍她的肩膀、告訴她：嘿！放輕鬆，我不會傷害妳，而且這個世界很安全的。

那是我們第一次見面的經過，雖然短暫但卻在我腦子裡留下了深刻的畫面，當天夜裡我待在只亮了一盞燈的工作室裡，把我腦子裡的她添上虛構的情節畫在白紙上頭，接著以自己也驚訝的陌生速度完成了四格圖文的章節，接著在天亮之前，傳送給幾個在雜誌社的編輯朋友，就這麼，我開始了圖文的專欄連載。

圖文專欄的主角是一位和任何人擺在一起都像是情侶的女孩，而女孩卻自始至終都是孤零零的一個人，不屬於任何人，在這都市裡活著走著呼吸著，遇見形形色色的人事物，緊張、害怕、卻無助，她被自己困在自己的世界裡，孤獨。

圖文專欄在連載一年之後結集成冊出版成書，封面設計是我自己，我給屬於我的第一本書所製作的封面是個歡樂氣氛濃厚的派對圖畫，而我的女主角雖然置身於派對之中，但卻沒有和任何人有所交集，她的眼神傳達著自身對於所處的一切都不確定的意味；而責任編輯則是以禾、當然，以禾則爲這本書邀得韻芯的專文推薦。而我只是在想，韻芯是否曾經看出，她，就是我書中女主角的化身？

那是我們開始熟識的起點，那時我們走進彼此生命的起點以情侶的姿態、在旁人眼中，理所當然，先入爲主，就如同第一次見面那天、我先入爲主的認定她和以禾是情侶那樣，而兩者的差別在於，那次是我以爲他們是情侶，而這次則是所有人都認定我們是情侶，幾乎就包括了我們自己。

幾乎。

直到S闖入我們的生命爲止。

◆之二
徐韻芯

當S消失了又重新找上我的這天，我整個人簡直糟糕到令人難以忍受的程度，無論是從各方面而言，我指的是無論從各方面而言。

這天是七夕，我的生日。

維杰說他會來找我，我好高興，我也不願意自身的情緒是操控在對方的身上，那很沒用，可是沒有辦法，因爲維杰說他要來陪我，陪我過生日，過這七夕情人節。

但是在前一天維杰卻又來了電話，他說臨時被事情絆住，恐怕是不能在這天見面了，他很抱歉。整天我的耳邊彷彿都迴盪著維杰的那句：我很抱歉。

很抱歉。

很抱歉。

很抱歉。

此時電話響起，我直覺會是維杰。我習慣性的檢查來電顯示，但手機螢幕卻顯示著來電無號碼，我猜測或許是維杰知道我生氣，於是故意把號碼設定成為來電不顯示，怕的是我不肯接他的電話，有他名字的電話；我望著衣櫃上掛著的那套原本今天該穿在我身上和維杰共度七夕的衣服，掙扎著。最後還是接起。

『嗨嗨！情人節快樂。』

愉悅而清亮的女聲穿進我的耳膜，一時間我還沒想到該困惑她是誰，當下我只困惑：怎麼不是維杰？

「妳是？」

我的困惑像是早在她的預料之中那樣，她非但不以為意，反而還繼續以過分愉悅的聲音提醒著我們曾經在哪哪哪見過面、我們共同的朋友有誰誰誰：

『……維杰——』

維杰這名字像是關鍵字那般，倏地敲開我的記憶之門。

是S。

「如果妳想找維杰的話，他的門號沒換。」

『如果是我想找那傢伙的話，我會直接打他的手機。』她理所當然似的說：『我就是想找妳才打電話給妳的啊。』

「妳怎麼有我的手機號碼？」

『說了妳一定不相信。』

好討厭的回答，故作神祕，簡直無聊透頂。

大概是也猜到了我此時的沉默所透露出來的情緒，壞情緒，於是她妥協的改口：

『好吧好吧，因爲妳給過我名片啊，名片上有妳的手機號碼不是嗎？第一次見面在餐廳晚餐的那次。』

她說謊，我根本就沒有名片。她爲什麼要說謊？爲什麼要說這種破綻百出的謊？

我沒理會她這番欠缺誠意的謊言，我只是依舊沉默；而這次她似乎不再介意我的沉默，她自顧著又說：

『嘿，妳還在寫作嗎？』

「什麼？」

『唔……時間不夠了，再打電話給妳好嗎？』

時間不夠了？什麼意思？

『或許我們會再見面也不一定，先這樣囉，Bye。』

然後電話就乾乾脆脆的被切斷，我覺得錯愕，也不解。S怎麼會突然找上我？在我生日的這一天。她從來就沒有閱讀過我的小說，也不了解我的近況，爲什麼卻突然的問起我是不是還在寫作？

我還在寫作嗎？

當我思考這個問題的同時，維杰就打來了電話，我呆呆的望著來電顯示，維杰，是的，維杰；他並不知道我生氣，也沒有害怕我拒接他的電話，他總是那麼篤定，篤定到我無法不去懷疑自己是不是單方面的自作多情。

我是你的誰？

維杰劈頭便說：

『抱歉哪，忙到現在才走得開。』

抱歉，我好討厭聽到別人對我說抱歉，好討厭。抱歉這兩個字感覺像是佔了優勢的那方所專屬的用詞那樣，我討厭對方用抱歉這兩個字來提醒我的不佔優勢。

『明天有空嗎？我明天去找妳可以嗎？』

我望著衣櫃上那套閒置了一整天的新裝，我不知道。

『怎麼啦？不說話？』

「沒什麼，正好想到一些事情。」我說，然後確定的說：「好啊，明天見。」

本來我是想要告訴維杰、方才接到S電話的這件事情，但是不知道爲什麼，當話到了舌尖、卻又就這麼消失不見。

不見。

而我只是在想，如果那天我告訴維杰了，那麼結果一定就不一樣了吧？只是當時候的我並沒有能力想到那麼多、那麼遠，這是往後回想起來，最令我感到罪惡的地方；如果有維杰陪著我一同面對**那種情形**的S，那麼或許對S而言，才是最好的吧？而我只是在想。

我有點忘記那天在電話裡我們後來又聊了些什麼，只記得掛上手機之後，我立刻把那套新裝收進衣櫃裡，從此再沒把它拿出來過。

隔天我和維杰約在我們總是習慣待著的這間咖啡店見面。

這是一間位於某個隱密巷子裡一間不起眼的小咖啡店，它不起眼的程度到了搞不好來回經過它二十次，才發現已經錯過它二十次了；它並且就是連店的招牌也沒有，如果不是因爲當初維杰帶路的話，大概我會以爲那只是一戶飄著咖啡香的尋常住家吧。

大門像是要配合它的不起眼似的，設計得相當低矮，視線所及的是一個極專業的吧台，上面架滿了各式專業的酒杯及咖啡杯，裡頭還有一台大得過分的咖啡機以及另外一台相較之下顯得太小的虹吸式咖啡爐，吧台前來自世界各地的咖啡豆雜亂地隨意堆放著，裡頭站著一個表情很明顯不太想理人的老闆娘，總是穿了一身的黑，臉色卻異常的蒼白，左手食指和中指夾著一根細長的菸，卻沒有想要抽的意思；她身後是一個種類齊全的酒架，或許晚上還兼著賣酒吧。

這個過分招搖的專業吧台佔去了咖啡館一半以上的空間，剩下的是總計不過五、六張的桌子，就算生意冷清看來也像客滿，但這應該不是它之所以這樣狹窄的用意。

有點超現實的味道，我這樣覺得。

我們總是挑了最靠近門口的兩人座桌子坐下，因爲方便維杰走到門外抽菸，當維杰第一次帶我來到這裡的時候，他告訴我以前這沒有名字的咖啡店裡的顧客總是人手一根菸，簡直就像是約好了或者某種不成文的規定似的，維杰最印象深刻的是當禁菸法令實施的那天，他起床的第一件事情就是趕緊跑到這咖啡店來瞧瞧這裡會變成什麼樣子？總是人手一菸的老顧客會不會就此捨棄了這裡？

『當然裡頭的顧客不再是人手一菸，不過大致上還是老樣子，硬要說的話大概就是老闆娘手裡的菸不再點燃，不過其實這也沒差，反正她總是點了卻不抽。』維杰當時說：『只除了最接近門口的位子取代最角落的位子變得最搶手之外，因爲方便走到外面抽菸。』

老闆娘在門口擺了張木頭椅子以及一個大魚缸，魚缸裡不養魚而是丟菸蒂，每次我們來到這裡，維杰總是疑惑冷漠老闆娘既然每天清理那又爲什麼要買那麼大的魚缸呢？雖然很想要問，但維杰從來沒有勇氣開口問她。

而這天維杰也沒問，他看起來很疲倦的樣子，並且明顯的心不在焉；尷尬的氣氛從隔出我們距離的桌子蔓延至周圍的空氣，我不知道爲什麼我們要尷尬。維杰不時的攪拌著咖啡或者離席上廁所，他還拿了好幾份雜誌攤在桌上、卻一頁也沒有攤開來看過，維杰甚至一度不小心打翻了水杯，水漬在他的牛仔長褲上面濺開，不過冷漠老闆娘儘管看見了，倒是依舊站在大大的吧台裡、低頭繼續望著她手裡不再點燃的菸。她並沒有想要出來整理桌面的意思。

望著這樣的維杰，我又想起S。

妳還在寫作嗎？

我還在寫作嗎？

「我覺得不可以再這樣下去了。」

這是我打破沉默的第一句話，維杰聽了之後顯得錯愕，但他仍然沉住氣等我繼續往下說。

我們再這樣下去是不行的！我不想要繼續一段模糊不清的感情，我覺得愛在曖昧不明時最美的這句話是屁話！我不想要我們的關係是這樣，我拿捏不好究竟該用什麼心情什麼口吻對待你，我要你確確實實的告訴我，到底我是你的誰？

我以爲我這麼說了，但是結果我沒有，結果我說的是：

「我不想要再繼續這種漫無目的的生活了，我已經好久沒有寫作了，我在想是不是乾脆放棄算了。」

『不要放棄得那麼早。』

「爲什麼要堅持？」

我問，而維杰沉默，別開臉，沉默以對。

望著此時此刻的維杰，我又想起那次所看到的那個畫面的S，S的形象頓時在我的腦海之中鮮明起來，她到底爲什麼有我的手機號碼？她再也沒有和我們任何人聯絡過，那麼爲什麼她卻找得到我？

她爲什麼找上我？

『那妳打算做什麼？』

終於打破了沉默之後，維杰問。

「或許找份工作，就這麼把日子過完。」

『不要放棄得太早好嗎？』

不要用這麼溫柔的口吻對我說話好嗎？我突然煩躁了起來，於是換了個話題，隨口問道：

「你最近有S的消息嗎？」

『沒有，爲什麼問？』

「不曉得，就是突然想到她而已。」

S眞的沒有和維杰聯絡，S爲什麼找得到我？爲什麼找上我？

「其實——」

『其實——』

我們異口同聲，在短暫的沉默之後，維杰決定他先把話說完；再一次，我錯過了告訴他關於S出現的這件事情；沒能在一開始就告訴維杰這件事情，以至於往後怎麼也拿捏不好正確的時機提起。我常在想，這會不會是一種冥冥之中的註定？註定了往後的我和維杰越離越遠，和S卻越來越近。

回過神來，維杰正說著：

『其實我這幾天夢見我妹妹了，很奇怪的感覺，她都走了那麼多年，而我也好久沒再夢見她了。』

「怎麼樣的夢？」

『她還在的夢。』

「……」

『我夢見我們在一起，我們都已經是長大後的模樣了，但相處的感覺卻還是小時候那樣，我騎著腳踏車載她去買麵包，大概是我還記得小時候的她最愛吃麵包吧。』

維杰看起來好難過的樣子，望著他擱在桌子上的手，我猶豫著該不該握上。

『在夢裡我還記得她已經不見了的事情，所以我很著急的問她：這是不是代表妳還在？會不會妳離開的這件事情反而才是夢？』

「她有回答嗎？」

『她說死了幹嘛還回來？可能她眞的是死了吧。』維杰苦笑著，『好幽默的感覺，妳會不會也覺得？』

我不覺得。

此時此刻我可以感受到維杰的心亂，因爲以往的維杰總是盡可能的把『死』這個字和他失蹤的妹妹避開，他總是小心翼翼的用別的字眼代替，他甚至再也無法親口說出她的名字。

而我只是在想：究竟要花去多久的時間，才能淡化失去至親的傷痛？傷痛眞能隨著時間消逝？又或者我們只能學會適應。

我出神的凝視著擱在桌上的維杰的手，我覺得手好像意味著孤單。

孤

單

『那妳呢？剛剛想說的是什麼？』

想了想，我說：「沒什麼。」

我直覺這種氛圍並不適合告訴維杰關於S出現的消息。我始終無法確定當時的這個決定究竟是否正確。

「我總是在想，人走了以後會剩下什麼。」

『我想我知道答案。』

「嗯？」

『被留下來的人，他們的悲傷。』

「悲傷是什麼顏色？」

『悲傷沒有顏色，正因爲妳看它不見，所以才悲傷。』

那我不悲傷，因爲我看得見你。

『這裡好悶，我們出去走走好嗎？』

「好。」

這天維杰在黃昏時刻送我回家，我目送著維杰鑽進駕駛座裡的側臉，突然覺得他老了好多。

本來我是很想很想把長久以來的疑問在那天道出的，但終究我還是沒有勇氣說出口。我想問的是：在你心中，究竟我是你的誰？

是不是越是簡單的話語，就越是難以以言語道出？

那天彷彿是一種形式上的句點，而在那句點之後，維杰依舊過著他越來越成功並且越來越忙碌的人生，而我卻獨自經歷了一場混亂。或者應該說是，S帶著她所經歷過的種種混亂，走進我的生命。

爲什麼找上我？

第二章

「你把我愛出了一個缺。」

『愛出一個缺？』

「嗯，在遇見你之前，我以為自己是完整的；然而在遇見你之後，我才從你身上看見我所欠缺的部分。」

『我剛好跟妳相反。從以前我就明白自己是欠缺的，但是遇見妳之後，我知道我完整了。』

「那怎麼辦？」

『就只好愛到底囉。』

——S

◆之一

鄭維杰

夢的最後其實是S。

當夢裡我著急問著小妹、這是不是代表妳還在？是不是代表妳回來？而回答我的人變成是S，其實是S。

『死了幹嘛還回來。』

在夢裡，小妹變成了S這麼回答我。我不知道夢是想要告訴我什麼；我不明白爲什麼在現實生活中面對韻芯的時候我說不出口，或許是膽怯，或許是不願意面對，面對S的決裂和不再見面。我不知道，不想要知道。

夢想要告訴我什麼？

S的出現就如同她的消失一樣突然，猜不透。

當S走進我生命的那一天，我同樣也發了一場夢，奇怪的夢。

夢裡我和韻芯正準備好要做愛，夢的場景是一個類似KTV包廂的地方，雖然現實生活中我們都不是熱愛唱歌的人，而且也十分可以確定我們從來不曾一起去過KTV，但反正夢從來就不在乎現實相容性的這件事情。

無論如何夢裡我們就是在一個類似KTV的地方正準備好要做愛。夢裡我一點也不覺得奇怪，正當得彷彿我們早就已經習慣這麼做似的；夢裡我只感覺到慌張以及透不過氣的沉重壓迫，因爲時間不夠而且我們趕著接下來要去哪裡——是這樣子的一個慌張感。

接著場景再換，韻芯依舊存在夢裡，不過這次多了我們那群朋友，我們一大群人正要出發去旅行，在夢裡我並不曉得旅途的目的地是哪裡，在夢裡我只覺得很累，很累很累，我清楚地覺得我們永遠也到達不了目的地，無論目的地是哪裡；我想放棄但他們卻執意把旅途繼續。夢的最後是一處面海的民宿，彷彿被這個世界所遺忘了似的面海民宿，在民宿的門口，我矛盾的告訴他們我決定放棄不去。

然後我就醒了。

帶著這股從夢裡延伸至現實的疲累感，我提早來到簽書會現場，以禾沒問我怎麼提早到來？理所當然的彷彿就算是我記錯日期提早一天來到他也不會覺得意外；以禾領著我到書局附設的咖啡座待著，在喊來兩杯熱咖啡之後，他表情遺憾的告訴我，原本今天下午答應要來獻花以及擔任對談嘉賓的韻芯恐怕抽不出時間來了。當下我想起稍早那場奇怪的夢，我猜我可能紅了臉也可能僵了肩，因爲接著以禾眼睛裡透出八卦的興致，他說：

『當然你可能早就知道了，我猜韻芯第一個就先告訴你了吧。讓我猜，是在餐桌旁還是枕頭邊？』

「無聊。」

我說。然後搖搖頭，試著想把那場夢趕出我的腦海，接著連我自己也想不透的是：我居然覺得鬆了口氣。對於從那場夢境醒來之後，面對韻芯的缺席，我眞的鬆了口氣。

『反正也好啦，今天大概會爆場，現在才幾點但號碼牌早就已經發完了，少掉你們的對談，時間就不用拖那麼晚了。』接著以禾意有所指的說：『而且反正你們也不差這一次見面嘛。』

「我和韻芯不是你們想像的那種關係。」

我以爲我這麼說了，但是結果我沒有，或許是我自己也不夠確定。我有點懷疑是不是我其實很喜歡我們被旁人這麼誤會？

沉默了一會之後，以禾收起臉上的八卦表情，換了個話題低聲說道：

『韻芯最近狀況不太好。』

「她生病了？」

『喔，不。是寫作方面的狀況不好。』

「怎麼了？」

『撞牆期，每個創作者都會遇到這情況，而韻芯都寫作這麼多年了所以倒也很有經驗了，總是會過去的、就像憂鬱的情緒一樣，回過頭看，就會知道那眞的沒什麼大不了的。不過這次她的撞牆期是眞的久了點。』以禾重複的說：『她這次停筆太久了，久到連每個通路每個窗口都在問了。』

我低頭喝了口咖啡，而以禾則又換了個話題，說：

『現場有個妞超正！而且已經排隊排很久了，要不是老闆也在現場支援的話，我看那些工讀生早就湊過去要電話了。』

「我的讀者？」

『廢話！不然是我的讀者嗎？』以禾嘖了一聲，然後問：『你沒睡飽啊？』

「沒睡好。」

『哎，辛苦。不過想想，反正我們遲早都會掛點，而且最讚的是每個人掛點之後都可以一直睡一直睡了，很公平嘛對不對？』

「是啊，說給你自己聽吧。反正老闆早摸透你什麼德性了，那你幹嘛不去要電話？」

『跟誰要電話？』

「那個你說的眼睛噴出閃電的妞。」

聳聳肩膀，以禾說：『對我來說太年輕了，而且你學弟已經早我一步黏在她身邊了。』

「天哪，難怪他年紀輕輕就當爸爸。」天哪！「有些人就是學不乖。」

『或者說是痛不怕。』

「或者說是痛不怕。」

我同意。

當這話題結束的同時，我就把以禾口中的這女孩給拋在腦後，彷彿只是用來塡補對話空檔似的話題，並不需要特地記在腦子裡面；直到簽書會開始之後，我抬頭看著S從人潮裡慢慢走到我眼前時，方才的對話才又一字不漏的重新回到我耳邊，心裡。

當S低頭從肩上的大包包裡拿出我的書，同時我轉頭搜尋以禾的眼神，果眞他也正對著我擠眉弄眼，彷彿在說：『是她沒錯！我就知道不用指明你也能夠立刻看出。』

似曾相識。越是看著眼前這女孩，我越是有這種感覺，「我們是不是在哪裡見過？」我是很想直接這麼開口問她的，但卻顧忌這麼一來就搭訕意味太過濃厚於是作罷。倒是以禾直接就這麼問了：

『妳看起來好面熟，我們是不是在哪裡見過？』

『是啊，滿多人說我長得像一個日本女明星。』她笑了起來，轉頭看著我，說：『我一時間想不起來那位日本女星的名字，不過我們都是混血兒。』

這讓你想起什麼嗎？

她的表情似乎是這麼問我，然而她並沒有問出口；我該想起什麼嗎？我很想直接開口問她，不過我只是看著她把我的書遞到我面前，笑著告訴我：

『可以幫我寫個名字嗎？這本書是要送人的。』

她說了個名字，但現場太過嘈雜，以至於我第一時間並沒有聽清楚也沒有意識過來，直到以禾拿出擱在旁邊預備好的紙筆建議她寫下時，看著她以圓圓的字體認眞的在白紙上寫下的這三個字時，我只覺得昏眩。

『好久以前的人了，』她看穿我的反應，她低著聲音說：『我都以爲你會忘了他，因爲你看起來並不認得我了。』

妳那時候還很小。我想說。而在那之後，妳變了很多。我沒說。

我聽見我這麼說：「結束之後我們會去晚餐，妳要一起來嗎？」

◆之二 徐韻芯

我常想起那天在無名咖啡館見面的最後，維杰最後問我的問題：

『那妳想要怎麼改變妳的生活？』

我不知道。

我不知道我到底想要什麼樣的人生，每每想到這點，我就無法自拔地陷入焦慮，因爲『不知道想要什麼樣的人生』對我而言不只是一個問題而已，而是一個狀態，存在於我現實生活中的狀態。

「或許重新回學校念書吧。」

『那妳當初又爲什麼要休學？』

「因爲那時候課業妨礙了我的寫作。」

『那現在呢？』

我以爲維杰會接著這麼問，但是結果他沒有，或許是他也看穿了我隱藏在這個決定背後的心態：只是想要逃避。

逃避寫作，逃避他。

我從來就不是那種熱衷於念書的學生，對於考試這件事情尤其討厭，在寫作開始有點成績之前，如果不是太害怕麻煩的話，或許我會連馬虎、應付都懶得去做，這也是爲什麼當時當我的寫作開始能夠當作藉口的時候，我首先做的第一件事就是去辦休學。

我從高中就開始寫作了。

以少女的年紀書寫羅曼史小說，這方面的事情算是相當順利，我幾乎沒有遇過被退稿的經驗；我以一個美麗的筆名和出版社維持不必見面但卻愉快的合作方式，這樣的形式一直維持到高中畢業那年結束，總計我擁有十幾冊屬於自己的羅曼史。

三年的時間，我的生活重心是不需要太過面對現實，只需要製造浪漫於文字即可。

說不上來是爲了什麼，在我十八歲生日那天，我把那十幾本的小說全部搬到陽台，然後放了把火燒得只剩下灰，彷彿是某種形式上的宣誓，我藉此和那個美麗的筆名作了告別，我覺得鬆了一口大氣。

那些我所創作出來的愛情故事太過完美也太過華麗，它們投射出當時的我對於愛情的憧憬，儘管實際上我談過的感情和那些美麗的故事完全沾不上邊。

我決心把寫作這件事情當成高中時期的回憶，然而這個決定卻連自己也騙不了自己；上了大學之後，我換了筆名也換了寫作手法投稿文學獎，雖然並沒有得到第一名的成績，不過卻引起了出版社的注意，而當時找上我接洽的人就是以禾，就這麼，我重新開始寫作的生活，當創作的生活比重壓倒性的遠超過於學校生活時，我順理成章的辦了休學，對於這點家人雖然難免擔心，不過倒也盡可能的只表現出支持的面象。

『這孩子雖然看來內向害羞，不過對於堅持的事，倒是固執得很。』

媽媽總是跟親戚們這麼形容我。

於是我才慢慢看清，寫作對我而言一向就是出口而非寄託，我把它們分得相當清楚：虛構的文字以及我的真實人生，它們和平的並存於我這個人的生活而不造成衝突，兩者之間保持著安全的距離；寫作對我而言從來就是相當輕鬆的一件事情，我甚至曾經不知天高地厚的認爲、我這個人之所以被生下來，爲的就是要寫作。然而出口是從什麼時候開始崩壞的呢？

或許是自從它變成寄託開始。

我發現我的故事裡頭開始出現自己的影子，當我明白到這一點的時候，我簡直驚訝得不得了，我一向就不願意任何人讀了我的小說之後、會和我這個人產生聯想，而關於這點，我也一向很謹愼的處理著，我甚至總是以男性作爲第一人稱的寫法、讓故事進行；然而這謹愼的寫作方式卻開始失控，我發現我一下筆就不由自主的開始寫起維杰，寫我和維杰，寫我們終於談了一場再眞實不過的愛情，並且我們走進完美的結局。我把對於維杰在感情上的缺憾寄託於文字之中，然而正是因爲當文字已經變成寄託，於是我開始變得害怕寫作。

我失去寫作的能力和動力，我沒有辦法虛構和維杰的愛情於文字裡，也辦不到在文字之中坦承這段無法定位的關係，我很痛苦。

我眞厭惡我自己。

我失去了寫作的能力，因爲維杰變成我唯一想要書寫的對象；我很痛苦，而他卻彷彿置身事外，輕鬆自在。

『不要放棄得太早。』

對於我想要放棄寫作的念頭，維杰只說了這一句話。

於是在我變成二十三歲這年，我重新回到學生的生活。

原先的學校並不準備回去，因爲在那裡可能還有些人記得我是誰，知道我是誰，並且由於沒有特地準備考試的原因，於是對於成績只落得夜大的這件事情，我與其說是並不介意、倒不如直接說是非常滿意，因爲反正我早已經不能習慣早起的生活作息，而且學業其實不是重點，對我而言，逃避才是。

二十三歲這年確實是我人生中最大的轉捩點。

首先，我搬離了長久以來習慣的家獨居在外，雖然不曉得自己能不能適應獨居的生活，不過我一直就想這麼試看看；母親把我照顧得太無微不至，我心想讓照顧自己變成是生活的重點、或許對目前這種狀態的我而言，會是個好的事情也不一定。

我在距離學校走路大約五分鐘的地方租了間套房，這裡大概有九成那麼多的房客都是我們學校的學生，不過我並不經常和他們往來，我是那種沒有必要就不會和陌生人打交道的個性，尤其是當沒有熟悉的人陪在我的身邊時。

並且，我開始有了一份工作。

白天我在學校的圖書館打工，雖然只是兼差性質的工作，但我卻已經覺得很滿意了，因爲在這之前，除了寫作之外、我並沒有過任何的工作經驗。我覺得很新鮮，有種重新開始的安心感。

圖書館的工作對我而言很好，單純卻不單調，可能是因爲工作性質的關係，職員們幾乎清一色都是女生，尤其我覺得最幸運的是，她們都是那種相處起來輕鬆愉快卻又不過分熱情的善良女生，她們幾乎都年輕，身上散發出這鄉間特有的純樸以及天眞，我喜歡她們也喜歡這裡；我很驚訝我竟會喜歡這麼一個並不都市的地方，因爲這裡並沒有任何一家像樣的咖啡館，而不像樣的也只有一家，我每天都會獨自來到那家小小的、明亮的咖啡館裡解決晚餐或者單純喝杯咖啡，有些時候我會遙遙想起從前的無名咖啡館。

和維杰的無名咖啡館。

學校圖書館是從早上八點開放到晚上九點，用餐時間並不休館，而我的打工時間是從十二點到下午五點，十二點到一點的這一般午餐時間則由我獨自留守。

午餐時間是整天最空盪的時段，我常在這空盪盪的圖書館獨自對著電腦發呆，並不會特別想要上網、也不想閱讀任何文字（在這只有一個小時的空檔時間，總是感覺無法寬心閱讀），於是望著電腦發呆、等待職員外出用餐回來，變成是我在這段時間裡的唯一行爲。

感覺很像是復原。

看著自己從傷痛之中慢慢復原，其實是件有意思的事情。我想起維杰在他的書裡曾經寫過的這一段話。

我並沒有告訴必要之外的人關於這重新展開的生活，但是在這裡，在這座小小的圖書館裡，我卻遇見了一個過去的朋友。天曉得如果我們也稱得上是朋友的話。

忘記是第幾天（但總之是我來到這裡的不久之後）的午餐時間，圖書館（其實只有一層樓的空間，說是圖書室或許會較爲恰當一些）的大門被突兀的打開，我自然地將視線移向門口，我呆住。

S。

出現在我眼前的這個女孩看起來就是S沒錯，但是當時的我就是無法將眼前這個看似S的女孩和曾經見過兩次面的S聯想在一起。我只感覺到似曾相識的熟悉感，於是就這麼欠缺禮貌地直視著她，呆望著她慢慢向我走來，她的身影在我視線的比例尺漸漸放大，放大，放大。

最後她在我的面前站定。

『嗨嗨！超級久的好久不見！』

同樣愉悅而且清亮的聲音隔著一個櫃檯的距離傳進我的耳膜，我對於眼前這女孩的記憶此時才終於甦醒，然而當下的我卻仍然無法相信她就是我們所認識的那個S，眼前的這個女孩和那個S彷彿只是擁有相似外貌以及相同聲音的兩個人。

『把我忘記了啊？眞是傷腦筋耶。』

「妳怎麼會在這裡？」

這是和S重逢之後我所對她道出的第一句話，不是很夠禮貌的一句話，我覺得「好久不見」或者「眞巧在這裡遇見妳」……這類的話語應該會合適些，但確實那是當下的我唯一所能說出的話，也是我腦子裡的最大疑問：她怎麼會在這裡？

她聳聳肩膀，並沒有想要回答的打算。於是我只好繼續問她：

「是維杰告訴妳的？」

『維杰？唔……那傢伙過得還好嗎？』

S用一種彷彿只是閒聊午餐菜色的口吻隨口問道，好像能不能夠得到答案都沒有所謂那樣，彷彿只是隨意想找個哪句話來塡滿我們之間的對話空白，而維杰過得好不好、正是她隨意找來的那句話。

我含糊的點點頭，我不知道他最近過得好不好，我們自從那次在無名咖啡館之後就沒再見過面，我只知道他好像很忙，越來越忙。他什麼時候不忙？

對話又空白了下來，此時S的視線四處游移著，她看似在瀏覽這座小小的圖書室，整個人以一種放心的姿態安穩地站在我面前，甚至我有種奇異的錯覺是、S其實是以一種放心的姿態任由我觀察打量，因爲我的視線始終沒有離開過她，而她自己也察覺到這點。

我覺得有點混亂。

她確實就是S沒錯，但也可以說是，她已經不再是以前我們所認識的那個S。

首先是她的頭髮。

S把她的頭髮剪短了，簡簡單單的學生短髮，前額留著短短的劉海，而髮色是完全的黑，以前我從來沒有看過黑色出現在S的頭髮上，她總是固執似的保持著完整的亞麻色，完整得幾乎讓人錯覺那說不準就是她真正的髮色也不一定。

看著此時此刻S的黑髮長度，我才驚訝的發覺我們真的好久不見了，就像她方才說的那樣：超級久的好久不見。

S的穿著也變成簡單到沒有任何多餘的程度，不再像是從前那樣熱衷於穿著打扮，她的身上沒有任何的裝飾，既不再化妝也卸下了所有的飾品，就連以前我覺得最礙眼的成串耳環也不再配戴。我有些嫉妒的猜想：是不是她終於也發現她自己的本身就是她最大的裝飾呢？

我看見S是空著手來的，沒看見她總是貼身攜帶的大包包，容量大得可以直接說是旅行包的那種程度，感覺好像把她全部的家當都一口氣裝了進去、隨時準備好一走了之似的，然而這次的S就是連基本上該有的鑰匙、手機、錢包……等等一概都沒有攜帶。

還有，S的眼睛。

曾經存在於S眼中最深最底處的光芒已經不復存在，我不知道那光是永久消逝了，又或者暫時的被隱藏。片刻間，我想到似乎該問她怎麼了？或者過得好不好？然而我卻啞了口沒問。

不確定是過了多久的時間，S才又開口：

『嘿！時間不夠了，我該走了，再來找妳可以嗎？』

時間不夠了？我注意到這是S第二次提到時間不夠，而上一次是在電話裡。

她怎麼了？她爲什麼找上我？

「妳是這裡的學生嗎？」

『妳回答了我的問題，我才要告訴妳。』

「什麼問題？」

『妳還有沒有在寫作？』

「爲什麼——」

『Bye。』

丟下這個道別之後，S乾脆地轉身離開，我立刻起身想要追上她的腳步，可是卻來不及。只不過，究竟是來不及什麼我卻不知道。

S的身影消失在我的視線範圍之內，取而代之的，是另一個男人的影像。我認出他是資訊中心的工程師，他們的辦公室就位於這層樓的最裡邊，我們的圖書館和他們的資訊中心同屬一個單位，但是在平時我們兩個單位甚少會有互動，甚至這只是我第二次看到這個男人；如果不是上一分鐘S突然的出現又突然的消失，我想我大概也不會主動開口喊住他。

此時我直覺把他喊住，問：

「你有看到剛才那個女生嗎？」

他一臉的疑惑。

「剛才在大門和你擦身而過的那一個。」

他依舊疑惑著，於是我大概的形容起S的模樣，而他歪著頭想了想，最後很是抱歉的聳聳肩。

『怎麼了嗎？』

「她是我以前的一個朋友，想知道她是不是這裡的學生。」

『如果只是這樣的話……妳可以輸入她的名字查詢看看就知道了。』

他走近櫃檯傾身指著電腦上的圖書借閱系統，他胸前的識別證剛好就落在我視線的主位，我看見上頭的照片是一張被修剪出他上半身的生活照，而照片上的他笑得很開心的樣子。

我發現我有股衝動想要告訴他、他笑起來很好看，然而當他的笑容取代S在我腦海中的身影時，我才意識過來我們其實並不熟，而且是連認識都稱不上的這種程度。

『有問題嗎？』

見我呆在電腦前動也不動，他很擔心似的問，我突然分心想到，這套查詢系統程式會不會就是他寫的？我突然想要問問他這點；但是我沒有，還好我沒有，因爲是不習慣和陌生人攀談的個性、畢竟，所以我只是搖搖頭然後道了謝，然後在心底無聲的回答：

「因爲我不知道她的名字。」

只是我不知道的，又哪裡只是S的名字而已呢？

對於S，我其實一無所知。

第三章

「欸，如果有一天，你的名字出現在某本書裡的話，你會有什麼感覺？」

『很開心哪。』

「那，如果是我們的名字一起出現在書裡呢？」

『會擁有一個好的結局嗎？』

「不曉得。」

『沒關係，那我還是會很開心，只要我們的名字能夠一起出現就好。』

S

◆之一
鄭維杰

她的本名是吳子晴，我第一次看到她那年她五歲，五歲大的她正坐在門口涕淚縱流的嚎啕大哭，哭著找媽媽；而陪在她身邊坐著的子青則是學著大人有模有樣的安慰她：好啦不要哭了啦，媽媽錢花光就會回來了啊。

那是我第一次看到子青的這一面，而不是平時我們眼中那個流裡流氣的子青，套句媽媽對子青的形容是這樣：與其說是遲早會變成不良少年，倒不如直接說是奇怪怎麼還沒有變成不良少年。

『不要和那家的小孩走太近。』

每次媽媽總會這麼警告我，但我總是當成風涼話聽過就算，因爲子青是個很好使喚的傢伙，甚至可以說是個忠心的朋友；他隨時有空，他從不拒絕，只要借他玩具或者請他喝杯思樂冰，什麼事情子青都很樂意去做；比起他們家裡那些懶散成性的大人們而言，子青倒是勤快得沒話說。

那家孩子。

子青的外公外婆看來才大我爸媽幾歲，早婚是原因，也是家族遺傳。外公很瘦，兼三份工，因爲他要養一個老婆兩個小孩還有三個孫子；外婆很肥，職業是賭徒，長得滿臉橫肉而且嘴角總是叨根菸，對於當年他外公爲什麼會娶這女人的傳言是我們鄰里間的熱門八卦，而且越難聽的臆測越是會搞得那些大人哈哈大笑，大人們都很討厭子青一家尤其是那個肥胖外婆；子青的外婆經常因爲徹夜聚賭被鄰居報警擾鄰處理，我媽自己就打過很多次電話，不過她主要的投訴對象還是子青那個熱愛打架鬧事的不良舅舅，他們家裡媽媽最討厭的人是他。

而子青的媽媽則總是躲在家裡不常露面。她高中還沒畢業就生下了他，順便也把子青的爸爸給帶回家裡住，因爲聽說那個男的沒有家。我始終想不起來子青的爸爸長得什麼模樣？我的記憶支離破碎，每當回憶起子青，還有那一年。我後來試著告訴自己，這是自然的情感機制。

子青的爸爸從來就不打算娶他媽媽，也沒有興趣當爸爸，可能只是想要找個女人抱、有個免費房間睡吧？這是當他媽媽又懷了第二胎的時候、他們家的人才確認到的事實，因爲後來那個男人趁著子青的媽媽到醫院生子青的弟弟時頭也不回的連夜跑走了。

本來如果只是這樣的話也算好的結果，畢竟是自己的女兒和孫子，於是就認了吧好好扶養長大，但問題是他們的媽媽還那麼年輕，對於愛情也還不死心，每隔一陣子（通常是過年領完紅包之後）就會聽說她又丟下兩個小孩離家出走，有時候聽說是去找他們的爸爸，有時候則聽說又在什麼不正經的場所認識了陌生男人跑出去專心戀愛；不曉得是對小孩狠不下心還是看男人的眼光眞的不行，反正她每次都會又跑回家。

『錢花光了她就會回來了啦。』

子青的外公總是這麼告訴他，而子青也總是這麼相信著接受著；因爲確實每次他媽媽總是搭著計程車回家，外公在的話就喊外公出來付車資，外公不在的時候就命令子青把壓歲錢拿給她。

然而那一整年卻沒有計程車停在他們家門口，直到三年後她牽著兩歲大的子晴回家過年。

『我媽媽昨天又回來把我的壓歲錢拿走了。』

那天放學後，子青悶悶的說。

「你幹嘛都傻傻的全部拿給她啊？」

『因爲媽媽說她沒錢啊，而且她說反正我們有阿公養又不需要用錢。』

「還眞敢講。」

『不過她這次帶回來的是新的妹妹不是新的叔叔，我的新妹妹很漂亮，而且瘦瘦的，不像我們家，除了阿公之外都很胖，我是我們班第二胖的。』

雖然我沒看到子青新來的妹妹，不過我還是消遣著他說：

「她還那麼小你哪會知道。」

『我阿公講的啊，我阿公不會騙我。』

「是和你爸爸生的嗎？」

『應該不是，因爲她是混血兒。』然後子青又重複了一次他新的妹妹很漂亮這件事，彷彿他也因此與有榮焉似的，『我阿公說我新的妹妹很漂亮，比你妹妹小時候還漂亮。』

「哪可能，我媽媽說這世界上不可能有比我妹妹還漂亮的女生。」

『隨便啦，欸、我們來丟棒球要不要？這次我想當投手，你的手套借我戴好不好？』

「那你要幫我洗狗。」

『好啊。』

這一次他們的媽媽安分了三年才再度離家出走。那年我們高中畢業。

他們媽媽離家出走的那天我們本來約好了出去。

當我看到坐在家門口嚎啕大哭的子晴時，我驚訝的發現這居然是三年來我第一次親眼看到子青曾經提過的這個新妹妹；因爲高中三年都通勤上學的關係，與其說是連看都沒看過子晴一次、倒不如直接說是連他們家多了個新生命的這件事情都直接忘記。

『我可以帶我妹一起去嗎？』

子青一邊安撫著子晴、一邊爲難的問我。

「你瘋了啊？你乾脆就留下來照顧她好了，我自己去。」

『不要這樣啦！我媽媽說好今天會自己帶晴晴的，可是她吃過午餐之後不知道跑哪裡了，家裡又只剩我一個人。』

「你弟咧？」

『我阿嬤帶他去打麻將了，而且他那麼粗心，我才不要把子晴交給他咧。』

「那你舅舅咧？」

『他去坐牢了。』

眞受不了。

「你們家的人都很好笑。不是坐牢就是賭博要不就是生了小孩然後丟著不管。」想也沒想的我就把這句大人們說起他們那家人時總是掛在嘴邊的話給脫口而出了。「那改天好了啦。」

我說，然後揮揮手，頭也不回的就走。

如果不是子青說要騎他新買的機車載我去林姿慧打工的地點找她的話，我其實連理都懶得理他，是這樣子一個現實的想法，當時的我。

林姿慧。

我國中暗戀了三年的女生，畢業之後我曾經好幾次鼓起勇氣、按著畢業紀念冊上的電話號碼打去她家找她，然而接電話的人都是她媽媽，而且得到的回應都是千篇一律的她不在，後來我甚至直接跑到她的校門口等上老半天爲的就是看她一眼，眞的很想看到她、想知道她後來變成什麼模樣？是不是還是我記憶中的模樣？可是卻總是撲空；回想起來這或許就是種下我往後開始畫畫的動機，我眞的眞的想看到她，卻總是總是見不到她，於是我開始在素描簿上畫下我想像中、她的樣子。

然而最諷刺的是，在那幾年裡曾經那麼倉皇失措的暗戀著她、想見她一面的我，往後卻幾乎連她的長相都忘記，後來甚至連她叫作什麼名字都很難記起來，想破頭就是想不起來她叫作什麼名字，雖然明知道只要找出國中畢業紀念冊翻找就可以，但卻又總是因爲這簡直就多此一舉而每每作罷。

不過就是個曾經深深暗戀過、而如今連名字和長相都忘記的女孩罷了。變成只是這樣。

林姿慧。

然而當S帶著我的書來到簽書會現場請我寫下獻給吳子青這五個字時，首先我腦海中浮現的竟是林姿慧，我說不上來爲什麼這樣。

那是我第三次看到S，或者應該說是，我曾經見過兩次面的，不再是五歲大的吳子晴。

◆之二 徐韻芯

雖然是我自己選擇重新回到學校念書，但我就是辦不到從頭到尾都安安分分的待在教室裡上課，我一直就蹺課成性，從大學以來就是如此；如果光是推託於習慣使然的話，那麼連我自己都會感覺到未免太過牽強，不過實際上倒也相去不遠了：我從以前就一直很難適應和一大群人共同待在一個空間裡，這總是讓我感覺到很不自在。

這小鎮上唯一的咖啡館是我蹺課時最常去的場所，其實也可以說是，唯一能收容從教室裡逃出來的我的場所。

每當推開這咖啡館的大門之後，我總習慣性的選擇最角落的位置，然而今天當我推開大門時，卻意外的發現S正坐在最顯眼的位子上，不，其實也稱不上意外，自從她無故打電話給我，又突然出現在圖書館之後，我就開始有種不管在哪裡遇見她都不會感覺到驚訝的奇異感。

我唯一覺得奇怪的是，我這次竟會主動走向她。

『妳來了啊。』

我們有約嗎？

我單刀直入的問：

「妳是這裡的人嗎？」

『不是。』

「還是我們學校的學生？」

『不是。』

「那妳爲什麼——」

服務生走過來爲我點餐打斷了我們的對話，而S則是順勢起身走到大門外去抽菸，當她經過我的身旁時，我聞到她身上濃濃的菸味，我不知道她是在這裡待了多久，我感覺她的菸癮好像越來越大了，這是我第一次在她身上聞到明顯的菸味。

當服務生送上我的熱拿鐵時，恰巧回到座位的S則又要了同樣的一杯，在服務生離開之後，我們像是機智問答那般的搶著發問，而結果是S贏了。

『我回答妳的問題了，那妳呢？』

「我什麼？」

『上次說好的，我回答妳之後妳就要回答我了。妳還在寫作嗎？』

我再度感覺到混亂了起來。

爲什麼呢？難道我這個人的價値之於她就只剩下寫作而已？她那麼在乎做什麼呢？

「暫時停筆了。」

話語裡一點情感也沒有的、我回答，然後問：

「妳老實告訴我妳怎麼會有我的手機號碼？而且又怎麼知道我在這裡？既然妳沒和維杰聯絡的話。」

我不想要我的口氣聽起來像是興師問罪，可是沒有辦法我發現當我面對著S的時候總是莫名的憤怒，或許是她眞的很有惹毛別人的本事吧，因爲她接著竟說：

『妳好像眞的很愛維杰喔？』

我臉色都沉了下來，而她卻面不改色的繼續說道：

『每次妳總是會提起那個老傢伙。』

老傢伙。S習慣這樣當面喊維杰，我覺得這樣很失禮又沒大沒小，可是維杰總是一副並無不妥的表情，他甚至喊S小鬼；我討厭他們這樣的互動，我覺得那是一種親暱的表現，憑什麼他們親暱——

『幹嘛那麼氣。』

S突然的丟下這句話，而我的反應是一楞，接著S卻依舊笑嘻嘻的說：

『是一個好久以前的汽水廣告，妳記得嗎？好可愛。幹嘛那麼氣？哈～～』

「……」

『能夠喜歡一個人總是件好事，不是嗎？』而她居然還想繼續這個話題，『幹嘛就是不承認妳愛維杰呢？以前我就一直搞不懂這點，明明兩個人互相喜歡著對方，爲什麼卻硬是要裝作沒這回事呢？』

「我們的事妳管不著。」

S聳聳肩膀，看起來並沒有被我的壞情緒所影響的樣子，這讓我感覺到有點氣惱，關於我的情緒竟影響不了她的這件事情。

『說出來妳一定不相信。』

我不耐煩也不客氣的說：「有話直說可以嗎？」

『是電話的事。』

「什麼電話？」

『我打電話給妳的那天。』S說，『那天我突然很想隨便打個電話給誰，就算是我不認識的人也好，就算是打錯了被掛斷的電話也好，我只是很想很想聽聽人的聲音。』

「妳說妳是隨便撥的？」

『嗯。但我對這方面的直覺很準喔，當電話等待接通的那個時候，我就有種感覺對方會是我認識的某個人，果然接著就是妳接起電話，然後我就順著跟妳聊了下去。』

天曉得如果那也算聊天的話。我並不相信她的這番說辭，但卻又找不到理由不信。我放棄這個疑問，我問她：

「那妳怎麼會在這裡？如果妳既不是這裡的人也不是這學校的學生？」

『因爲這陣子有點事情所以就住在這附近。』

S以一種極度不自然的快速語調如此說道，臉上雖然依舊漾著笑容，但表情卻明顯的透露著：請別再問下去了吧，因爲再怎麼問也是得不到答案的。

沉默在我們之間撩散開來，我突然又想起最後那次和維杰的見面，也是這樣的沉默，只是當時的沉默令我有種窒息的難堪，然而此刻的沉默卻奇異的緩和了我的情緒，我竟然因此感覺到放鬆，久違的放鬆。

「有空打個電話給維杰吧，他很掛念妳。」

S微微揚起嘴角算是回應。見她並沒有搭腔的打算，我只得繼續說：

「我不知道你們爲什麼吵架，但妳應該也知道維杰那個人，他就算是說了什麼過分的話，我想出發點也是爲了妳好吧。」

『爲你好……』

S喃喃著，此時她低垂了長睫毛，我看不清她當下眼底的心情。

『所謂的爲你好並不存在吧。』

「嗯？」

『我覺得那只是人們爲了修飾自己對於對方的要求所製造出來自我滿足的漂亮話而已。』

「就算眞的只是那樣好了，有什麼事情會嚴重到無法挽回的地步呢？」

『謝謝總是很容易說出口，但是對不起卻很難。不過無論如何這整件事情問題是出在我自己身上，並不是因爲討厭維杰或者生他的氣才不和他聯絡的，純粹只是我很難把對不起說出口，也不認爲有必要對他說。』

S不說，和維杰一樣，他們的說法一致，並且都絕口不提。

「你們怎麼了？」

S還是不說，S只選擇說：

『重點是我認爲我現在的狀況並不適合和他見面，這樣而已。所謂的朋友並沒有必要時時刻刻都友好得要命，不是嗎？』

「……」

『不過啊，現在的我確實是不敢再和誰吵架囉。』

「怎麼說？」

『因爲代價太大了。』

S幽幽的說，望著她，我看見比寂寞還要複雜的表情。

『嘿！別光是扯這些破壞心情的話題了嘛。』像是爲了要轉換心情那般，S重新又換上了笑容，說：『所以呢，如果有題材的話，妳就會繼續寫作了嗎？』

「妳爲什麼一直要問我寫作的事？」

『其實我是想拜託妳幫我寫個故事。』

「什麼故事？」

『無論如何都不想要被忘記的故事。』

S把杯子裡的咖啡一飲而盡，不讓我有繼續問下去的機會便丟了鈔票在桌上，然後起身，離去。

我看著她走到門口，卻又特地轉身走回來，本來我以爲她是想要補充說道：『如果遇見維杰的話，請替我問候他。』但結果S說的卻是：『那個周鈺倫——』

「誰？」

『那天那個男的，在圖書館和我擦身而過的那個。』

「妳怎麼知道他名字？」

『他胸前掛了識別證不是嗎？』

「只是擦身而過的速度，妳怎麼能夠看得清楚識別證上的名字？」

不理我的疑問，S自顧著說：

『是個不錯的男人喔，我覺得。』

「妳喜歡他？」

『不，會喜歡他的人不是我。』

S意味深長的笑著，然後轉身離去。

我不知道她什麼意思。

那天凌晨時刻我發了場夢。

不是經常夢見的那種身處於空盪盪的陌生大樓裡，而四周是漆黑一片，有時候認識的人會出現在那片令人不安的漆黑裡，而更多的時候是完全陌生的人出現；這次夢裡出現的是一個神似S的女孩，更正確的說法是、那個女孩並不是S，她只是以S的模樣出現在我的夢境裡，不知道為什麼在夢裡我還清楚的意識到這點。

這場夢難得不是在漆黑的空盪大樓裡，而是類似晨曦的時刻，那女孩（S過去的模樣）就站在一條大河的彼端，她像是在尋找什麼似的、筆直地往河裡走去。

「妳在做什麼？」

『我找不到他。』

然後我就醒了，倏地驚醒。

驚醒。

在午休獨自留守於圖書館的時候，我才又想起今晨發的這場詭異夢境，不舒服的感覺衝上我的腦門，我皺了眉頭；電腦右下方的數字明確的變成12:50，我有點奇怪怎麼今天還不見S的出現？

自從她發現我就在這圖書館打工之後，她總是三天兩頭就來這裡閒晃，並且總是出現在只有我獨自留守的這段空檔；大多數的時候她會挑一本書然後就那麼站著閱讀，少數的時候她會走近櫃檯找我閒聊幾句，但絕對不會超過五句話這樣子的程度；因此我才得以注意到S的改變：她不再無法靜止於同一個定點上，並且在她眼底那道曾經吸引我注意的光也不復見，取而代之的是一種疲累，哭泣過後的疲累。

每當凝望著S的眼睛，我總是會立刻想起自己深藏的疲累。

一點整。

我放棄了等待S的念頭，當我發現到我竟有這個念頭時，我簡直驚訝得不得了——從什麼時候開始，S的出現對我而言竟然變成習慣，甚至是一個等待的習慣？

搖搖頭，我想甩開這個怪念頭，於是起身走到茶水間去沖杯熱咖啡喝，這已經是今天的第三杯咖啡了，看來我的咖啡因上癮程度已經遠遠超過我的想像，我覺得這樣好像不太好的樣子。

「不太好吧，遲早要咖啡因中毒了。」

一邊喃喃自語著、一邊推開了休息室的大門時，我被撲鼻的菸味給嚇了一跳，定神一看、原來是周鈺倫正站在窗口抽菸。

『抱歉哪，圖書館只有這裡可以勉強抽菸，雖然嚴格說來算是小小的犯罪行爲。妳不會舉發我吧？』

他帶著歉意說，而我微笑著搖頭，表示我並不特別討厭菸味而只是嚇了一跳而已，本來我想這麼說，但是結果我並沒有，我只想趕快喝到咖啡，因爲我快要精神不濟了。

『不會吧？妳午餐就這樣？』

「不是，我三餐就這樣。」

他先是一楞，然後慢慢的笑開來，還是那好看的靦腆笑容；接著他用鞋底捻熄了菸，很仔細的檢查完菸蒂之後才丟進垃圾桶裡，最後跟在我的身邊一同走出休息室。

這是我們第一次並肩站著，我算是身高中上的女生，但沒想到他竟還高出我許多。

「你多高？」

『好像一八〇。』

「好像一八〇？」

『嗯，最後一次量是一八〇，不過現在老了，應該會縮了一點吧。倒是妳，多重？』

「很久沒量了，不曉得。」

『妳太瘦了，要多吃點才好，不能只喝咖啡喔。』

那眞的只是開玩笑而已，我並不是只喝咖啡而已好嗎？我只是看起來瘦，但實際上我並不瘦，像S那種細骨架的女生才算是眞正的瘦！

我在心底囉嗦了一堆，但是結果我什麼也沒有說，因爲我們已經走到了櫃檯，於是我停下腳步，而周鈺倫則是繼續往裡頭的辦公室走去。

『怎麼站在這裡發呆啊？』

順著聲音的來源我回頭看，原來是同事她們用完餐回來了，稍微的談笑之後我們回到各自的座位上，在咖啡變涼之後我一口氣喝乾，其中一個同事轉過頭來對我說：

『妳咖啡喝好兇喔。』

這次我微笑著點頭並沒有再說什麼，但確實她的這句話阻止了我繼續再泡一杯的念頭；視線回到電腦螢幕，本來是打算繼續進行書的編目工作，但是不知怎麼的，我卻是對著電腦桌面上的圖書借閱系統發呆。

——妳可以輸入她的名字查詢看看。

——是個不錯的男人喔，我覺得。

我像是個正準備犯罪的小偷那樣、轉頭打量著同事們，她們現在正埋頭各自忙碌著，於是我飛快的在讀者姓名的欄位鍵入周鈺倫這三個字，然後將游標指向讀者資料——

「原來是二十八歲啊，這哪算老……」

我在心底嘀咕著，接著歪著頭看著他的戶籍地址：台南人。

那怎麼會來到這地方工作呢？

一邊這麼疑惑著，一邊卻還是害怕被她們發現，於是看到這裡就馬上把視窗清除，同時我問了自己一個問題：

我到底在幹嘛啊？

起身，我走向休息室去泡第四杯咖啡。

第四章

「泰戈爾說：世界上最遙遠的距離不是生與死，而是我就站在你面前，你卻不知道我愛你。」

『嗯？』

「然後張小嫻又說了：世界上最遙遠的距離不是我就站在你面前，你卻不知道我愛你，而是明明知道彼此相愛卻不能在一起。」

『嗯。』

「接著朱亞君也說了：世界上最遙遠的距離不是明明知道彼此相愛卻不能在一起，而是熾愛過一場，爾後才驚覺：原來你並非我想像中曾愛過的那個你。」

『然後呢？』

「然後我多希望對你的感情也能變成是那樣。」

『爲什麼？』

「因爲我太愛你了，愛得都快丟了我自己。」

——S

◆之一
鄭維杰

而現在，她說她叫作S，因爲她的英文名字又長又繞舌，所以直接喊她S就可以。她說。

她以我的遠房親戚這姿態出現在他們面前，不知道是刻意誤導又或者他們理所當然的就這麼以爲，在那天的聚餐裡，所有人都一致性的認爲她是我久違的表妹或堂妹甚至是外甥女之類的；當我簽書會結束去到聚會時他們早已經熱絡的聊開來，而話題的中心是S。我沒有特意澄清我們其實並沒有他們誤以爲的血緣關係，我說不上來爲什麼我沒有這麼做。

整場聚會我反常的話少，不過卻沒有人注意到這點，沒關係，無所謂，這反而讓我有種莫名的安心感，我想躲在我的思緒裡，讓自己感到安全。我發現我和他們一樣，與其說著自身生活的瑣事、或者嬉鬧著無謂的玩笑對話，還眞倒寧願多聽聽

S說話，多了解這女孩。這謎樣的女孩。

彷彿被埋葬了過去，重新出現的S。

於是我知道S是這幾年才回到台灣，之前則被爸爸那邊的親戚接去了美國收養，我有點聽漏她說的是什麼親戚？或者她究竟有沒有說是什麼親戚？因爲現場氣氛太吵太喧嘩，我的聲音被他們所淹沒，我注意到聚會離結束還早得很，但這群人卻已經在暗自角力誰是可以送她回家的那個幸運兒。

趁著話題的空檔，我問她：

「妳現在住哪裡？老家嗎？」

搖搖頭，她說：『我曾經回去過那裡一次，不過那裡已經沒有人記得我了。』S重複的說：『已經沒有人記得我們家的人了。不知道是我們消失得太徹底，還是眞的被忘掉比較好。』

「……」

S筆直的望著我，她回答我剛才的問題：『暫時和我二哥一起住，你還記得他嗎？』

我不太確定的點頭。

『你一定猜不出來他現在在做什麼。』

——你們家的人都很好笑。不是坐牢就是賭博要不就是生了小孩然後丟著不管。

多年前曾經對子青說過的話，此刻鮮明的重新回到我耳膜，我腦海。我忍不住的想，當時當著他的面說出的這句話，多傷人。他當時聽了是什麼感覺？我當時曾經注意到他的表情裡有沒有受傷嗎？尤其當他就是我所謂的那個被生下來卻丟著不管的小孩時。因爲那時候我還年紀小，而且大人反正都這麼說。我可以這麼說服自己嗎？眞的可以嗎？

『我二哥倒是還記得你。』回過神來，S正在這麼告訴我，『他說很高興以前認識的鄰居大哥現在變成了有名的插畫家，而且還出書。他說你從以前就很會畫畫。』

我想告訴她並沒有，小時候我想也沒想過我會變成畫家，更別提她二哥會知道這件事，我想要瀟灑的告訴她、這番話我聽多了，成名之後最常聽到的就是從前認識的人宣稱我從小就很有繪畫天分，這番早就聽煩了的話、此刻聽來卻有種寬厚的感受。我想像如果換成是子青、他是否也會如此說是？又或者他會直接的如此說是：

『小時候根本看不出來這傢伙長大後會變成畫家，我只記得小時候他老是使喚我去幫他做事情，然後再借用玩具玩或者分我巧克力吃；我還記得除非是找不到人一起玩的時候他才會找我，我都知道只是我都沒有說出口而已，因爲說起來他對我還算是好的，小時候都沒有人要跟我玩，跟我們家的小孩玩，好像我們是什麼帶菌者似的、在他們眼中，尤其他媽媽，總是對我和我弟兇巴巴。我根本就不知道我們做錯了什麼。』

我囁嚅著嘴唇想要說些什麼可是卻什麼都說不出口，就是這麼猶豫不決的片刻，話題被轉了走。

他們轉而聊起韻芯。

他女朋友也是個作家，還滿小有名氣的喔，只是不太常露面，不，與其說是不愛露面，倒不如直接說是完全性的避掉所有需要露面的場合，如果見過她本人的話，會感覺有點像是從小說裡直接走出來的人物喔，村上春樹的《挪威的森林》看過嗎？她給人的感覺很像是故事裡頭的直子。

『我之前買了她所有的小說，卻從來不知道她長什麼樣子，沒想到反而是因爲維杰的關係才終於看到她。』

曾經在我畫室裡學畫的一個女生這麼說，接著學弟也說：

『我常常想像如果眞有直子這個人的話，那八成就是韻芯的樣子。』學弟說，『不過我個人是比較偏好綠這種性格分明的開朗型女孩啦。』

「是啊，你偏好所有這種女孩，」我忍不住虧他：「你簡直就是太偏好所有這種女孩了。」

『結果娶的老婆卻完全不是這類型的，哈~~』

『是啊當然，再繼續這樣詆毀我吧，我只是看起來像那樣子的人，又不是我眞的就是那種人了。』

我們就著這話題開始喧鬧了起來，倒是S似乎還對韻芯感興趣似的，把話題又拉回：

『那有什麼機會可以看到她？』

『多參加我們的聚會就行啦，只有這傢伙在的場合、韻芯才會有可能出現。』

「又不是每一次。」

『或者是他的工作室。』

學弟又說，而接著S的眼睛亮出了光芒。

嗯啊他的工作室，以前還開繪畫教室的時候我們幾個人常常過去打工幫忙，像他跟他以及她還是以前畫室的學生呢，因爲相處久了就這麼變成了朋友；後來這傢伙出書了成名了忙不過來就把畫室關了，不過我們這夥人倒是保持聯絡到現在，每次他有簽書會或演講或什麼公開場合的活動就會組成後援會跑去支持他——

「或者是也不管我在趕稿就這麼拎著啤酒跑過來打擾。」

『對對，我們常常在他的工作室聚會，反正又大又舒適，而且還擺了個彈珠檯。』學弟笑嘻嘻的說，接著提議：『要不要待會就買個吃的喝的到工作室續攤？反正大家明天不用上課上班吧？』

大家一致同意，包括S。

『工作室在哪？』

S問，而他們七嘴八舌的告訴她工作室地址，S拿出手機一邊輸入地址、一邊歪頭對著他們的問題微笑點頭：妳是怎麼過來的？要不要載妳過去？……諸如此類，S一概只是微笑點頭，卻沒回答。

當結帳完畢、我們準備朝工作室出發時，S卻不見了蹤影。

『我以爲她去上廁所。』

『我聽到她說出去抽根菸。』

無論那天最後S究竟是去了哪裡，她那天都沒有再回來過，去哪裡？不知道，爲什麼？不知道。

只知道當我回到工作室時，S的來信已經靜悄悄的躺在電腦信箱裡了。

我是S，我想知道我大哥的事，我不想忘記他，儘管他已經被所有人遺忘。

S的信裡，如此寫道。

◆之二

徐韻芯

時序進入深秋，圖書館裡的許多人都已經捨棄了清涼的夏日裝扮而紛紛換上秋衣，但季節在周鈺倫身上卻依舊看不出變化，他依舊穿著一貫的短袖POLO衫搭休閒長褲，但唯有一次例外。

這天他難得穿著白色襯衫搭配黑色西褲，我很想告訴他、他穿著正式也很好看，更好看，但是我不好意思開口說，怕是會造成誤解、或者應該說是洩露。反倒是櫃檯的兩個女孩肆無忌憚的立刻挖苦他：

『怎麼沒乾淨的衣服穿了所以偷拿爸爸的衣服穿嗎？』

『是不是剛才去提親回來啊？』

周鈺倫被糗得有點招架不住，我喜歡他那先是顯露靦腆、再慢慢笑開來的細微表情，很好看。

他笑著說：

『老了嘛，偶爾也想嘗試成熟的穿著。』

他好像很喜歡把自己說老，但其實他長了一副看不出年紀的外表，並不是娃娃臉、但就是怎麼也不會顯老的那種。

回過神來，兩個女依舊繼續著方才的話題，我裝作漫不經心的旁聽著，但其實心卻直往下沉。她們在談論他的女友：交往快八年囉，其中一個女孩說。差不多也該要結婚了吧？

交往快八年囉。

差不多也該要結婚了吧？

交往快八年囉。

要結婚吧？

交往……

這兩句話像是咒語一般黏住我的耳膜，而我只是在想：究竟我是該要慶幸及早知道這個事實、好讓就要釋放的感情立即收回？又或者應該惋惜早已經悄然滋生的情愫，竟要提早抹滅？

失落。

我承認對於這個男人是抱有愛情方面的想像，並且透過眼神的交流，我以爲他對我也是抱持著某種程度上的好感，情意滋長；沒有辦法否認的是，能夠見到這個男人，是圖書館的打工所帶給我的最大期待。

每天醒來的最大期待。

我是如此慶幸他的出現，因爲他確實逐漸取代維杰在我心中的思念，我把他的出現視爲是救贖，但——

好煩。

晚上的課索性一堂也不去上，下班之後，我直接就往咖啡館去。

透過咖啡館的玻璃窗，我一眼就看見S正坐在和上次相同的座位上，我覺得在這種心情之下並不適合與任何人交談，尤其是S，但是不知道爲什麼，雖然懷抱著這樣的心情和提醒，但我的腳步卻依舊是筆直的朝著她走去，彷彿腳有它自己的想法。

『嘿！妳來囉。』

S頭也沒抬的說，就那麼篤定站在桌邊的人是我。

她似乎正被眼前報紙裡的報導吸引住，我乾脆也不回應她、轉頭向服務生點了餐，然後什麼也不做的、就是盯著她瞧；而她依舊沒有想要理會我的打算，依舊過分專心的閱讀著報導，專心的程度簡直就像是在爲報導校對錯字那樣。

望著這樣的S，我突然有個念頭，我想要打電話給維杰，告訴他我正和S待在一起，我想知道他會有什麼反應？我低頭翻著包包想找出手機，然而S卻在此刻開口打破沉默：

『每次一看到這種報導我就會神經緊張，忍不住都要仔細檢查那傢伙會不會也出現在照片裡。』

我向前傾身瞥了一眼報紙，報紙上是一篇關於警方破獲毒品的報導。

「妳有朋友吸毒？」

『嗯，第一個認眞愛過的男朋友。』

「前男友？」

『這麼說好了，我談過幾次戀愛，但眞正用心愛過的男人只有兩個，而他是其中一個，第一個。』

一時間我有點反應不過來，因爲S的口氣稀鬆平常得就像是：我喝過很多種類的調酒，但最喜歡的是Dry Brandy和Whiskey Sour、這樣。

『是個很特別的男孩喔。』

S又說。

「因爲吸毒？」

『不，可惜吸毒。』

「我對這題材沒興趣。」

『什麼？』

「妳不是要我替妳寫個故事？這種題材我沒興趣。」

『才不是。』S說，聲音裡難得透露出她眞正年紀的稚氣，總算有一次我不用在心底提醒自己、她才十九歲。她說：『我們的愛情不會被忘記，起碼我知道我和他都不會忘記，我知道他現在還在我們住在一起的地方好好的、愉快的活著，我還知道他想起我這個人的時候會是什麼表情。』

「你們同居過？」

『這麼說也行。』把原本聲音裡的稚氣抽離，S使用著我原先熟悉的早熟語調說：『我們一起生活過，大概是從我國中開始吧、我想。我對小時候的事情記得不多了，但我記得五歲那年家裡發生了一些事情，我大哥不見了，隔年我阿公也過世了，然後阿嬤告訴我們家裡還欠銀行很多錢可是已經沒有人可以賺錢養我們了，所以有一天她抱著我們剛出生的妹妹和我還有我二哥乖乖坐在沙發上，讓那些親戚還是朋友的挑選回去扶養，現在回想起來感覺好像我們是等著被領養的流浪狗喔。』

「發生了什麼事？」

『不曉得，那時候我太小了不知道，而且也沒有人告訴我。總之我們就這麼分開了生活，直到這幾年二哥找到我，但是那個剛出生的妹妹就不曉得被誰帶走了，因爲阿嬤幾年前也過世了，而媽媽……不曉得，我之後就沒再看過她，所以沒有人記得那個妹妹去了哪裡、被誰選去，因爲那時候好像還沒有被取名字所以也不知道該從何找起。

『第一次見面的時候我告訴維杰他們我從小在美國的親戚家長大，這事情其實我說謊，可能是覺得沒面子之類的吧，雖然不是自己能夠選擇的出生，但確實也並不想要被同情。

『無論如何我當時是借用了他的成長背景，在美國長大的人是他，後來好像和新的媽媽處不來什麼的，就回台灣和他的親媽媽住一起，而當初收養我的人就是他媽媽，我都叫她阿姨，我不知道她是我的誰，我小時候的事情還有小時候的家人，阿姨說其實不要知道對我比較好。她對我很好，我相信她說的、還好我不是在原本的那個家長大。』

我等著S繼續往下說，可是她卻沉默了下來，沒辦法，我只好問：

「你們怎麼分手的？」

『雖然那時候我們眞的是用盡了氣力去互相愛著的，可是太多刺了啊我們兩個人都是。這樣的比喻對不對呢？就像仙人掌和玫瑰被擺進同一個花盆那樣，不只是刺的問題喔，還包括生存的方式，雖然拚了命的想要互相接近，可是越是接近卻越只是相互的傷害，最後終於筋疲力盡了，沒辦法只好讓愛情死掉了。

『我之所以變成現在的這個我，最主要都是因爲遇見了他、或許就直接說是託了他的福吧。他教了我很多：開心的時候用力的笑著，當別人對妳很好的時候就直接的表達感謝，這是不用說的道理、簡直像是廢話一般，雖然還眞的就是有些人做不到；然而比起這廢話一般的道理，他更在乎的是該生氣的時候就好好生氣，該悲傷的時候就認真悲傷，比起負面的情緒而言、刻意否定負面的情緒反而才是負面。

『這麼說或許很老套吧？但當時的情形確實就是這麼一回事沒錯，和他分手也因此離開了那個家之後，我的心就像缺了一塊那樣，心底有個地方空白了、荒涼了，雖然從外表上大致看來還是個完整的人，但其實本質已經被磨損了、毀壞了，我的身上好像長出一層透明的膜，別人進不來、而我自己也出不去，也不是沒試過再去愛上別人喔，但是沒有辦法，就是沒有辦法。

『那時候我真的懷疑自己是不是失去了愛人的能力？是不是一輩子就要這樣子孤單過下去？就這麼一邊疑惑著一邊孤單著的時候，終於那個人出現了。當我第一眼看到他的時候，我就明白這個人對我而言不一樣。我們是同類。

『這個人是本來就存在於我的生命裡的人哪，甚至我那時候還有點生氣他、爲什麼遲到現在才出現呢？』

「是維杰嗎？」

我發現我想這麼問，我很驚訝我竟然還是會想要這麼問，但是我問不出口，拉不下臉問。於是我只這麼問：

「是我認識的人嗎？」

S搖頭，從她臉上的表情我判斷不出這是代表否定、還是單純只是她不想說。

她繼續說：

『是我想請妳替我寫下來的人。』

「爲什麼？」

『因爲我不想被忘記，除了置身其中的我們之外，沒有人會了解，也沒有人會記得。』

「怎麼說？」

『這麼說很孩子氣吧我知道，但千眞萬確我這輩子都不會再這麼愛一個男人了。』

「妳還這麼年輕，妳怎麼有把握？」

S沒有回答，彷彿這問題無庸置疑似的，她只是笑，無法以言語、文字描繪的笑。

迷離。

我有點忘記最後S是怎麼離開、什麼時候離開的？我們在那話題之後又聊了些什麼？……我一概的沒有記憶。

失去了記憶。

只記得當我回過神的時候，我看見桌上S丟著的鈔票，我一直怔怔的望著那孤零零的鈔票，就這麼一個人靜靜的待到咖啡館打烊。

我一直以爲S會像上次那樣掉頭回來、沒頭沒腦的說出周鈺倫這個名字來，那麼，我或許會告訴她，我好像有點愛上這個名字了。因爲她是第一個對我提起這個名字的人。

但是結果她並沒有。

並沒有。

回到公寓之後才發現原來手機是忘了帶出門，手機螢幕上顯示著兩通未接來電以及一封簡訊，光是憑這樣，差不多都可以猜出來電者是誰了：不是家人就是維杰。

不知道爲什麼在別人眼中我好像應該很忙的樣子，每次電話一接起，無論來電的人是誰、對方總是不安的先確認：妳現在有空說話嗎？尤其當這重新展開的生活在朋友之中傳開來之後，他們似乎更不放心打電話來給我了。

總覺得妳很忙啊，又讀書又打工又寫作的……他們就像是約好了似的這麼說。

不，我一點也不忙。好幾次我都想要這麼慎重的澄清，並且帶點感性語氣的告訴對方：想打電話來的時候儘管打來好嗎？

但是結果我總是沒有這麼說，或許也是擔心對方忙、怕會打擾到對方吧？我想。

當忙碌變成理所當然、這是不是就代表我們已經長大了？我不禁認眞的思索著。

回電。第七響的時候，維杰接起，不等待他開口，我就先問：

「你找我？」

『嗯，這週末有空嗎？』

「要打工啊、你忘了，我固定星期天得上班的。」

『喔，對。』

「怎麼了？」

『星期日會南下參加一個朋友的喪禮，本來想方便的話繞道過去探探妳的，不過時間看來可能是沒辦法吧。』

「是我認識的人嗎？」

『嗯。』

嗯，維杰說，但他沒有接著說是誰，而我也沒追問，因爲維杰聽起來很難過的樣子，所以我簡短的說了一聲：「請節哀順變。」然後從維杰的話語裡確定他此刻還沒有想要聊這件事情的心理準備之後就掛了電話。我不是很擅長安慰別人，而維杰也不喜歡處於被安慰的狀態，一方面是他太習慣當強者了，一方面也是因爲死亡這東西最教他不願觸及。

洗澡，關燈，上床，躺平。

這個夜裡我感覺到一股奇異的疲累，珍貴的睡意由眼皮蔓延至我全身，最後我整個人感覺到全然的放鬆，當意識逐漸變得朦朧的時候，我彷彿聽見手機響起，我好像接起了它，我似乎聽見S的聲音出現在我的耳膜。

那是一種淡到幾乎沒有存在感的聲音。

『確定了，是嗎？』

「嗯？」

『那麼，就這麼決定了吧。』

「嗯。」

然後我像是被床給吸去了那樣，陷入深沉的睡眠之中。

第五章

「你是我的G點喔。」

『好露骨的感覺。』

「真的喲，就像是G點那樣，你一直就存在於我的生命裡，然後透過種種的巧合和命運的牽引，最後，我們終於相遇了。這樣說你懂我意思嗎？」

『嗯。』

「並且在你出現之前，從來也沒誰發現過它的存在，就連我自己也不例外喔。可是你出現了，透過你被發掘出我這個人的種種可能，關於真愛一個人的可能，因爲它就是爲了你而存在的啊。」

『這是我聽過最動人的情話。』

「哪一句？」

『你是我的G點。』

「這可不是情話而已喔。」

『我知道。』

——S

◆之一
鄭維杰

我是S，我想知道關於我大哥的事。

她在信的主旨如此表明，而信裡她以就從小旅居國外而言的人、算是相當流暢的中文寫道：

Dear 維杰大哥：

當你讀到這封信的時候，我們應該已經在簽書會上打過照面了，不知道我會不會讓你留下印象呢？希望是會，眞的希望會。

當我告訴二哥想要去看你的念頭時，他看來很慌張似的說服我打消這個念頭，我猜想他大概是害怕你會把我（或我們）當成是人在成名之後就想要去沾光的舊識吧？坦白說當二哥這麼說服我的時候，確實我是就此打消了念頭，如果不是二哥接著又說：「而且維杰大哥八成也忘了我們是誰了吧？」真的我會把想要見你的面的想法就此抹去。

重點是遺忘。

有些人生來就是會被記得，有些人生來就是容易被遺忘，還有些人則是最好被忘記比較好。想來我們家的那些大人應該就是最後者吧？這是教養我長大的阿姨告訴我的，或許所有認識他們的人都會異口同聲這麼說吧？不過那不包括我，我畢竟很小時候就脫離了那個家。

我們家發生事情那年大概是在你高中畢業那年，聽說那時候你就已經不常待在家裡了，於是隔壁鄰居的我們家發生了什麼事情、你一定也沒有概念吧？或許回想起來、只記得是一戶眞是倒楣透了居然鄰居是那種沒水準的人不過還好反正後來他們也搬走了的人吧？確實聽說我們家就是那樣子沒錯，對於當年我們家人對大家所造成的麻煩和困擾，可以的話我想代表他們在這裡道歉。

回頭說起那年的事。

那年我五歲，家裡接二連三發生了不好的事，詳細情形並不知道，只聽說舅舅因爲搶劫去坐牢，接著同一年大哥和外公也相繼過世，借一句我二哥轉述外婆的說法是：唯二在賺錢的兩個人都死了，有夠衰，不過還好老是在偷錢的那個去吃免錢的便當了。

有時候我們會想，如果厄運是分散幾年來到的話，也許家也就不會離散了，不過無論如何厄運就是湊在那一年發生；大概是上天對於我們這一家老是在製造麻煩、而且對於世界簡直就是半點用處也沒有的自私人種所帶來的懲罰吧。

然而我發現到越是了解我大哥，我就越是無法忍受他就這麼被遺忘的事實，無法忍受的程度簡直就到了晚上會因此而睡不著覺的地步，說起來真的很好笑對吧？因爲我二哥就是這麼嘲笑我的。

我自己就忘了大哥這個人。

然而正確的說法應該是：我不但是千眞萬確記得大哥，而且他還是我兒時最初的記憶。我記得他餵我吃飯、哄我睡覺、幫我洗澡、爲我穿衣、抱我上樓、教我走路的手，那是一雙照顧我的手，那是當我害怕時哭鬧時高興時需要時他就會在我眼前、在我背後的手。然而我卻一直誤以爲他是二哥，直到二哥告訴我、其實那是大哥，其實我們還有個哥哥爲止。

從小就取代父親母親的角色、相當細心並且樂在其中照顧著我的大哥，我居然一直將他遺忘，每每想到這點時，我就感覺到無法原諒我自己，有幾次甚至還因此氣哭呢。

於是我開始想要知道大哥這個人，就當成是自我回溯這方面的信念吧。然而當初認識大哥的人（說來就是那些無緣的家人，那些大人）不是早已經過世、就是下落不明，如今還記得大哥的人就只剩下二哥，然而他所擁有的回憶卻也不多，他當時年紀還小是主因，而且好像他主要的時間都被外婆帶出門吧？就是聊到這裡的時候，他提起了你。二哥說當時大哥總是跟在你屁股後面玩，比起二哥而言、你所擁有的回憶一定還更多吧？當然前提是、如果你還記得他的話。

希望你還記得他。

——S

一口氣讀完她寄來的這封長信之後，我的想法首先是鬆了口氣，我對於自己竟然會是這種想法感覺到羞愧。她沒有問起**那個事件**，她當時年紀太小並不會知道，這是當然的，而她二哥也是。我忘記她二哥叫作什麼名字了，只記得他總是被那個好賭的外婆帶出門不在家。

重點是遺忘。

我凝望著她信裡的這五個字，心底開始感覺到刺刺的痛。我以爲我早已經遺忘了子青，然而因爲她的出現，我才發現，其實我是寧願自己把子青遺忘。

羞

愧

確實如她所言，這個世界上擁有子青最多共同回憶的人就只剩下我了，只是該如何用一封信的長度就把一個人的一生道盡呢？我相當困擾的思考著。

他叫作吳子青，他在這個世界上存在過十八年，他這一輩子沒有享受過什麼好日子，也沒有被太多人好好對待過，他不是每一天都過得很快樂，不過他臉上倒眞的從來沒有出現過埋怨，即使是遭到誤解而被責罵的時候也是；我無意因爲子青已經過世於是把他這個人美化，不過確實他就是這樣的人沒有錯。他不是很討人喜歡，但他幾乎可以說是喜歡著每個他在生命中遇到的人。

他把我當成他最好的朋友，以前對於這點我的感覺是厭煩，而現在呢？不曉得，我或許不是太誠實，但卻也不至於說謊。

他生前最初也是最後喜歡的女生是我們班的風紀股長。不知道爲什麼我想要告訴妳關於妳大哥的是這一點。我在信裡這麼寫道。

她叫作子薰，她是我們班成績第一名的女生，但這並不是她被選爲風紀股長的原因，原因是她夠兇，她很兇；難以想像當時我們全班是如何願意乖乖被她兇著玩，關於這點連老師都感覺到相當意外：你們班的風紀股長眞的是有夠兇，常常走在樓梯間都還沒看到教室就遠遠聽到她在吼同學不要講話，但問題是班上明明就很安靜、只有她在大聲罵人的聲音啊。

除了子青暗戀子薰之外，老師的這番話、是我對於子薰這女生最大的回憶。子青甚至很高興他們名字裡的第二個字是一樣的，以此爲榮的那種高興法，不過話說回來稚氣本來就是那種年紀的孩子所擁有的特權。

子青喜歡了她六年，國中三年以及高中三年，不過他從來沒有告白過，因爲他深深明白自己配不上子薰，他就是單純的暗戀著她，以及每次被子薰兇的時候都是傻乎乎的搔著頭笑，這個反應常常惹得子薰更氣更兇。少了一根筋，這是子青每天都過得快快樂樂的原因，卻也是子青總是被誤會的關鍵。

搖搖頭，我把最後那幾句話刪除，換了個心情，繼續描寫子薰這女生，子青從最初到最後都暗戀著的這個女生，兇巴巴的女生。

幾年前我重遇子薰，難以想像當初那個兇巴巴的漂亮女生在幾年之後會變成女人味十足而且說起話來嗔聲嗔氣的小女人，所謂的歲月大概就是這麼一回事吧。如果子青還活著的話，當他重遇蛻變後的子薰，不知道會是什麼反應呢？

很抱歉關於子青的回憶我一時間並沒有辦法告訴妳太多，那畢竟是很久很久以前的事情了，不過請相信我並沒有將子青遺忘，請寬心妳的大哥並沒有被這個世界上的所有人遺忘。

在信的最末，我告訴她在陳舊的檔案櫃裡，我還保留著當年要送給子青的素描畫，畫裡是他和子薰的合照，當年子青看到我所畫下我想像中的林姿慧時，他就央求著我幫他畫下的這合照，因爲他始終沒有和子薰的單獨合照，而他眞的眞的很想要有一張，於是他求我替他畫下。如今回想起來，子青居然是第一個欣賞我的畫作的人。

這是S走入我們生命的起點，這張當時沒來得及交給子青的禮物、如今就直接由她代爲收下的畫，或者就讓我直接說是：子青。

◆之二

徐韻芯

圖書館的週末依舊開館，時間是從早上八點到下午五點，而我被分配於星期日固定上班；由於週末學生較少的關係，所以除了一名固定的工讀生之外，再由不同的職員輪流值班搭配，雖然僅有兩個人守著的假日圖書館，那是整個星期裡我最討厭的一天，關於這星期日的值班。

首先是我得早起。

在前一天我盡可能的不喝咖啡，也盡可能的提早入睡，然而卻總還是徒勞無功的失眠；在這方面我算是過分神經質，但是擔心早上會睡過頭遲到（實際上一次也沒有），在抱持著這種不安的心情下，我總是忽睡忽醒不安穩，然後在七點半的鬧鐘鈴響時驟然驚醒、疲憊下床，感覺很差，關於不得不早起的這件事情，只有在這個時候，我才會懷念起從前作息自在的全職作家生活。

再者是關於搭配值班的職員。

因爲是由全校職員以加班的形式輪值這假日的班，而壓倒性的多數是平時難得見上一面的各處室職員，一想到得和並不熟悉但又不至於完全陌生的人共處八小時，我就覺得全身僵硬不自在。

我總是擔心他們會基於某種自認該有的禮貌而試著找我交談，但另一方面卻又在意對方和我抱有相同想法於是整天下來維持著非必要之外則不交談的相處；這兩種人我都遇過，這兩種情形我都不擅長應對。

我想我是眞的太擅長獨處了。

尤其討厭的是對方的情人前來探班、甚至陪著待上一整天（可惜也是壓倒性的多數，甚至我還遇過把寵物或小孩也帶了過來的），因爲這會顯得我更加孤獨，我不喜歡我的獨處因爲對方的幸福而顯得寒傖。

我眞討厭我的彆扭。

星期日。

推開圖書館的大門之後，我熟練的打開全館的電燈和冷氣，然後筆直的往櫃檯走去，才想著今天會是和誰值班呢？接著我就驚訝的望著坐在櫃檯裡的周鈺倫。

我看見他就坐在我的座位上，正低頭專心的把早餐三明治裡的小黃瓜仔細挑出放到一旁的塑膠袋裡。

他抬頭發現我的出現，說。

『早啊。』

「早。」

我回應他，然後有點猶豫該不該要他起身把座位還給我。

『偶爾犯規的感覺眞好。』

「嗯？」

『在全面禁食的假日圖書館裡悠哉哉的吃早餐啊，感覺會特別好吃。』

「良心公休日嘛。」

我說，而他開開心心的笑了起來。

應該是把小黃瓜已經全部挑乾淨的關係，他開始安心的吃起三明治。

放下包包，我決定先去替換報紙，我刻意把動作放慢許多，因爲我覺得很緊張，關於即將和周鈺倫共處八小時的這件事；不再只是平時的眼神追逐，而是即將擁有完整八小時的共處，這感覺就像是期待了好久的願望突然實現，反而教人變得不知所措。

我不太習慣這樣的自己，我已經不是第一次談戀愛了，然而在這男人面前的我，卻羞澀得像是初嚐戀愛滋味的小女孩。

我覺得自己很不應該。

『嘿！』

倏地抬頭，周鈺倫手裡拎著吃光完全的早餐垃圾站在我的眼前。

『吃過早餐了嗎？』

我搖頭。我沒有吃早餐的習慣，我想說，但是結果我什麼話也說不出口，只除了傻楞楞的望著他。

『要不要先去吃早餐再回來？雖然妳還很年輕所以比較沒感覺，但是沒吃早餐對身體眞的很不好。』

「可是……」

『反正假日的早上通常不會有學生來圖書館的。』

「……」

『而且是良心公休日嘛，妳剛才說的。』接下我手中的報紙，他接著又說：『不能只喝咖啡喔。』

「好吧。」

當我再度回到圖書館時，發現他已經不在櫃檯裡了，或許是待在他自己的辦公室吧、我想。我覺得有點失落，本來以爲他會像其他職員那樣坐在我的座位旁邊上網或者看雜誌或者什麼也不做就是這麼靜靜的發呆，但另一方面卻又覺得鬆了口氣，還好他沒有坐在我的身邊，要不我一定會感覺到全身不自在吧？儘管只是單純的坐在我的旁邊位子而已。

決定好不要再喜歡一個人，是不是從來就只是一廂情願的想法？愛上一個明知道不會屬於自己的男人，怎麼辦？

怎麼辦？

陷入莫名其妙的焦慮裡，什麼事也沒做的就是盯著電腦玩接龍度過這個無聊至極的週日早上，直到十點半左右，周鈺倫才又走出他的辦公室來到我的面前。他說：

『妳要不要先去吃個午餐？』

我懷疑我有沒有聽錯，兩個小時之前我才去吃了稍遲的早餐回來，我眞的看起來那麼需要拚命餵食嗎？

「我眞的有那麼需要拚命被餵食嗎？」

我說，而他楞住。

「因爲你一直叫我去吃飯。」

『是啊，我們的良心公休日，妳的營養補充日。』

他說，然後笑了開來，趕在我們有更多的交談之前，我捉起包包，離開。

他不是妳該愛的人。我在心底這樣告訴自己，堅定的提醒自己，別越界。

我直接回家，整個人像是從緊繃的情緒裡完全放鬆了出來那樣，一躺到床上就立刻陷入深沉的睡眠之中；再醒來的時候已經快要中午十二點：他的用餐時間到了。我索性什麼也沒吃的就直接回到圖書館。

一見到我走向櫃檯，他立刻說：

『剛才有個人找妳，說是妳的朋友。』

維杰？他還是過來找我了？

「他走了嗎？」

『嗯，和我聊了一下子就走了，』他一邊回想著一邊說：『應該是妳上次提過的那個女生吧。』

女生？S？她怎麼會來？怎麼會選在只有他在的時候來？

「她跟你說了什麼？」

周鈺倫一副欲言又止的樣子，但最後他只搖搖頭，轉而說：

『滿特別的一個女生。』

我緊張了起來：「她沒跟你說什麼奇怪的話吧？」雖然明知這麼問很古怪，但我就是忍不住不往這方面想去。

『倒沒有，只是……』

他把已經說到了舌尖的話又吞了回去，然後一臉困惑的起身，離開。

本來我以爲在這個他視爲良心公休日的週日値班他會出去吃個長長的午餐，甚至就算他直到五點才回來刷卡下班我也不會覺得奇怪，但沒想到他只是去外頭買了便當回來，然後就這麼直接的坐在我身旁的座位吃了起來。

這時候圖書館裡稀稀落落的有三兩個學生在書架前找書，但他完全不以爲意的樣子，而學生們也是；這讓我產生一種在這種時候的圖書館裡、好像做什麼事情都不會被不允許的奇異感。

像是注意力被轉移了那樣，身體裡帶著午睡之後仍然殘留著的舒適感，我腦子開始想著S：她爲什麼唯獨今天挑在我離開的時候來？她和周鈺倫說了些什麼？是什麼樣的話語讓他湧起那樣的困惑？

思緒亂飛，當所有的疑問在腦子裡想了又想最終確定是無解之後，我才注意到周鈺倫仍然坐在我的身邊，而這一次我卻完全性的不感覺到緊張；應該是把午餐解決完全之後，他開始自然的同我聊起天來，而第一個話題就是S。

『她是妳妹妹嗎？』

「吭？」

『總覺得妳們看起來有點像。』

並沒有，而且從沒有人這麼認爲過。

「不是吧？我們根本就是完全不同類型的人，從長相到個性都是。」

『眞的嗎？但我覺得眼睛的地方滿像的，眼神。』

眼神？

我還是搖頭否定。

S的眼睛是那種細長型的貓眼形狀，儘管長在她稚氣未脫的臉上依舊非常嫵媚，這令她看起來可以說是早熟的少女、也可以說是比實際年紀年輕的女人；而我的眼睛則偏圓，維杰說過這讓我看起來比實際年紀還小。

『當然氣質也是重點，雖然已經大學畢業，但妳卻還保有著高中女生般的氣質，很脫俗。』

維杰當時這麼說。那麼維杰的眼睛呢？一想到這裡，我這才驚覺我竟完全想不起來維杰的眼睛是什麼形狀？甚至是單眼皮還是雙眼皮呢？一概的想不起來了。

我們多久沒見了？我們好久沒見了。距離生日之後我們僅僅見過一次面，是我搬到這裡的那天，儘管我告訴他爸爸和哥哥會來幫我搬家，但是維杰執意要來幫忙；我不知道他為什麼要特地放下忙碌的工作執意來幫我的忙，我那時候已經認清我們之間的關係，我們不是情侶關係。

或者該直接說是決定。

然而那天家人對於維杰的出現並不感覺到奇怪的樣子，他們似乎問也沒問就直接從我們的談話以及互動裡、認定我們是男女朋友。

或者是終於能夠從感情的迷霧中抽離開來，那時候我開始能夠以旁觀者的姿態、好奇為什麼所有的人都會這麼認為我們。

為什麼？

回過神來，周鈺倫正在說：

『在想男朋友嗎?這麼出神。』

「不……」

我沒有男朋友,我說,然後就著這個問題,問:

『你女朋友沒有來陪你值班?』

「嗯?」

『其他的職員幾乎都這樣。』

我告訴他在週日的值班裡所看過的其他職員的情況:誰誰誰找女朋友來陪,誰誰的老公把小孩帶來廝混一整天簡直當成是親子日,還有那個誰誰誰把狗也帶了來——他像是大開眼界似的聽得開懷大笑,大概是他和他們辦公室之外的職員也一概不熟識吧。

過了一會之後,他才回到方才的話題,說:

『她沒來過這裡。』

「嗯?」

『說是不想要來連百貨公司也沒有的鄉下地方。』

「所以你每個週末都回家？」

『沒有。』

「太遠？」

『不，因爲她外派到上海當台幹，兩個月才會回來一次。』

問他相隔兩地又兩個月才能見一次面沒有影響嗎？他說不會，這麼多年來倒也習慣了。那麼女朋友呢？我又問。

『她也習慣了吧，再說都這麼多年了，跑不掉了。』

「那結婚之後呢？」

這個問題好像令他渾身不自在，也許是被問過太多次或許是無解，像是要轉換話題似的，他說：

『下班之後有空嗎？要不要一起吃晚餐？』

無限的可能在我的心底打轉，而我沉默以對。

『總是一個人吃晚餐，然後回到一個人的公寓，雖然是早已經習慣的事情，而且大半時候也感覺很自在，不過難免還是寂寞。』

簡簡單單的一段話，卻道盡兩個人共同的心情。

他帶我去到一間車程半小時左右座落於山頂的咖啡館，餐點還好，咖啡還好，不過夜景倒是沒話說的好。彷彿遺世獨立的咖啡館。

「這裡的夜景很棒。」

我告訴他，而他則說：

『如果不是這片夜景的話，我大概也不願意開這麼遠的車跑來這裡。』

「你常來？」

『嗯，如果不用加班的時候，我就會一個人開車來這個人少少的咖啡館，吃著不怎麼樣的餐點，喝著普普通通的咖啡，然後慢慢明白寂寞其實也不過如此而已，比較不會因爲一時的寂寞感而感覺到難過。』

我想起維杰以前經常帶我去無名咖啡館，我發現他是唯一一個當我提起維杰時，不會直接認爲我們是情人或者曾經是情人關係的人。

我告訴他那家如果不是熟人帶路、簡直就找不到的沒名字的不起眼的咖啡館，那裡幾乎不供餐，不過咖啡倒是沒話說的好喝，而且在那裡寂寞反而像是常態，一種反而舒服的狀態。

「大概是座位的關係吧，吧台幾乎就佔了店的一半大，而桌子卻只有少少的幾張，尤其都是兩人座位，雖然偶爾會有三個人同行的顧客，不過比例上來說還是少數，最多的是單獨去喝杯咖啡或者和自己待一會兒的人。」

接著我說起那個不愛理人的冷漠老闆娘：

「手指總是夾了一根香菸卻點了不抽，顧客的臉孔她其實都記得卻不表露。」

維杰曾經說過公共場所禁菸法令實行之後，他首先想到就是總算老闆娘不用再浪費手中的那根香菸了。

「本來以為這對她店裡的生意會有影響，因為會去到那裡的顧客幾乎都抽菸，然而實際上卻沒有，那些人還是照舊去無名咖啡館待著喝咖啡，然後不厭其煩的走到門外去抽菸。就是有這種魅力的咖啡店。」

『有機會的話帶我去好嗎？』

「好啊。」

像是早已熟識的兩個人那樣，我們就這麼話不間斷的聊著直到打烊爲止，在回程的車上他問了我的住處，然後驚訝說：我們住得很近嘛。

我們住得很近嘛。我在心底呢喃著。

就要結束了嗎？當我的公寓出現在眼前時，我不捨的問自己。可不可以不要結束？可不可以？

車停妥，我做了一個決定，我不要什麼都沒有開始就結束，我決定拋開一切包括過去的那個我。我說：

「問你一個問題。」

『嗯？』

「你知道我的名字嗎？」

他靦腆的笑著。

「如果，我一直就喜歡著一個人，而，我和他也共同度過這麼美好的一天，但，他卻不知道我的名字，這，會不會太寂寞了呢？」

他沒有回答我，他只是傾身吻住我；當下，我的耳邊彷彿響起S的聲音，她彷彿在說：

嘿！我們的故事就要開始囉。

第六章

「如果有天你接到無聲的沉默電話，你會怎麼做？」

『直接掛掉。』

「但如果對方是某個非常非常思念你，卻又因為某些因素所以沒有辦法開口的人呢？」

『會有這種人嗎？』

「有啊，例如我。」

——S

◆之一

鄭維杰

S來到我工作室拿畫的那個下午，是我們第一次也是唯一一次的獨處，此後她總是跟著他們那一群人嘻嘻哈哈熱鬧出現，彷彿他們早就熟識已經的那種熱鬧程度，這讓我有幾度甚至會吃味的心想，他們是不是自從第一次見面之後就保持著熱切的聯絡？甚至還形成了他們自己的小圈圈、在我之外。

我對於自己居然會爲此吃味感覺到相當訝異。

無論如何那天下午當S獨自現身工作室來拿她大哥的畫作時，在閒聊間我又補白了幾處和子青的回憶，儘管都是些小孩子氣的兒時回憶，不過S倒是都聽得相當入迷的樣子。我還是很難把眼前這個魅力十足的早熟女生和我第一次看到的那個坐在家門前放聲大哭著找媽媽的五歲小女孩融合成爲同一個人。歲月確實不可思議。

我告訴她：

「有一天我坐在客廳看電視的時候還懷疑自己是不是聽錯了？因爲我聽到子青和妳二哥開開心心的喊著爸爸、爸爸。那時候妳大概是兩歲還三歲吧。

「結果從窗戶探頭一看是個外國人，他們兄弟倆開心到簡直得意的喊著他爸爸，而他倒也相當自在的回應著，然後他用破破的國語問兄弟倆：阿公帶回來的便當、養樂多可以給我喝嗎？眞是絕倒。」

她大概聽不出來哪裡絕倒，不過那天我媽媽以及其他的婆婆媽媽們可沒放過這個絕倒，例如：『還眞敢喊，明明就不同種的。』『居然向小孩子要養樂多喝，這男的是有多窩囊啊？那家女兒老是撿些不三不四的男人帶回家養，那家的爸爸眞可憐。』……諸如此類。

不過我沒把這些話語轉告予S，我沒有那麼白目。我只是說：

「可能是妳爸爸吧，我記得他在你們家住過一陣子，還滿帥的一個外國人，妳長得像爸爸。」

她撇了撇嘴又聳了聳肩膀，一副對於她的爸爸這話題不感到興趣的樣子，確實回想起來那個外國男人只待了一陣子就無聲無息的消失，我懷疑他有沒有讓她留下足夠的記憶？

子青確實是主要照顧她的人。

在她點起一根菸抽的同時，我問起她現在的生活，她只說現在住在二哥家，那麼除此之外呢？她打算回美國的家嗎？還是就決定一直和二哥住？她應該是上大學的年紀吧？可是她爲什麼看起來既沒有在工作也沒有在念書的樣子呢？

「妳現在在做什麼？念大學嗎？」有男朋友嗎？會回美國嗎？「妳二哥呢？」他和子青的回憶有多少？**那件事**他記得多少？他會告訴S嗎？會嗎？

『他現在住在我二嫂家裡幫忙他們家開的早餐店工作。』捻熄了香菸之後，她說：『大概是遺傳吧，這點跟我們的爸爸眞像，都有住在女方家的基因，不過我指的是我們各自的爸爸，當然。或許我們的爸爸也都是這種沒有家的人吧。』

她這話說得諷刺意味十足，不過她臉上的表情卻沒有這個味道，彷彿只是平靜的敘述一個事實、這樣而已，不痛不癢，不關己事。

她說：

『嘿！一直纏著你聊我們家的人眞不好意思，也聊聊鄭大哥你吧？』

「我？」

『嗯啊，我大哥這輩子一起長大的最好的朋友是什麼樣的人呢？出生在什麼樣的家庭呢？諸如此類的啊。』

「就很普通的家庭出生的普通人啊。」

我儘量敷衍的說，然而她卻一副很鼓勵我多說一些的表情，沒辦法，我只好說：

「我們家有三個老師，我爸媽和我哥哥，有一段時間我爲什麼會想要開畫室大概就是這個原因吧？只有我自己不是老師啊、在我們家裡。不過我爸媽都不是教美術的，如果妳要問的話，因爲每次提到這一點，對方幾乎都會這麼問。」

『呵。』

「哥哥雖然大我十歲，不過倒是沒有相處方面的問題，我們家在我上高一那年搬家到現在的這個工作室，後來爸媽退休之後就回到鄉下的老家去了，把這房子留給我改裝成爲畫室工作室，至於我哥哥則長年在國外工作。」

因爲那件事情、多多少少，我想說，但我說不出口。我該告訴她關於妹妹的事嗎？當對方問起家裡有幾個兄弟姐妹的時候，我們究竟該不該把已經過世的手足也算進來呢？還是爲了省略解釋爲了避免觸及傷痛所以直接略過算了呢？

回過神來，我發現自己居然正在說著我從來也沒想過的話語：

「可是那樣的一個家裡面，我卻常常覺得很悲傷。」在妹妹失蹤之後，我才發現，原來在那個家裡，我只有妹妹這個說話的對象。「不知道是哪裡出了問題，總覺得和他們格格不入，像是吃飯的時候或者晚上大家看電視的時候，我經常像是置身事外的人一樣、看著他們三個人那麼開心的說著笑著，也不是沒試過、但總是沒辦法融入他們的話題裡，和他們待在一起的時候，我常常會有一種很突兀的存在感，他們雖然從來沒有這麼說過，但其實也感受到這點吧。」

『怎麼說？』

因爲我覺得他們好像希望這個家裡少掉的人是我而不是我們都捧在手心裡疼的妹妹。

「不曉得，明明是在同樣的教養方式下成長的，但爲什麼這個兒子卻一點也不像這個家的人呢？那時候我常常會難過得想要哭泣，我的存在對於這個家而言是個突兀，是我自己的問題吧我常常這樣問自己，從外表看來我們確實就是一家人沒錯，但到底爲什麼全家團聚的時候我卻總是覺得自己像是個多餘的人呢？有時候想到這點、還是會覺得很對不起他們。」

『對不起？』

「嗯，大概是大三那年吧，爸爸出了車禍，被送到醫院去住了一個星期，這裡，」我指著我的右手臂，「這裡的骨頭都碎了，釘了鐵片進去吧，聽起來滿恐怖的。」

『聽起來？』

「聽起來。那陣子我一次也沒去醫院看爸爸，一次也沒有。」

『爲什麼？』

我以爲她會接著就這麼問，但是結果她沒有，她只是繼續又點燃一根菸，抽，而我也是，彷彿這其實又沒有什麼那樣，她給我的感覺是這樣，總是這樣。

在兩根菸的自在沉默之後，話題轉了個彎，不確定是怎麼聊的，我開始聊起韻芯以及無名咖啡館，我告訴她、我經常約韻芯去無名咖啡館瞎耗整個下午或晚上。

「沒有靈感的時候我總是會就往無名咖啡館窩，很靈，眞的。」

因爲韻芯就是我的繆思，一直就是。

『韻芯，就是那個女作家，你的女朋友對吧？』

「不是，或還不是。」連我自己也驚訝的、我第一次直接了當的這麼回答，「可能有往那方面進行的意思吧，不過可以確定的是，她眞是我的繆思。」

『繆思？』

「嗯，繆思，靈感女神，希臘神話，不確定是不是。」

她似乎對於韻芯很感到興趣似的，央求著我多說一些關於她的事，我們就這麼一直聊到黃昏時刻，她突然想起什麼似的、低頭看了看手腕上細細的錶，然後驚呼：

『死了！我遲到太久了。』

「和男朋友約會？」

『不是，或還不是。』她學著我說的話，臉上是俏皮的微笑，『希望不會是，這樣比較好。』

她扮了個鬼臉，當我正想要多問她什麼時候，她眨眨眼、完全不給我問她的機會，在捉起她的大包包離開之前，她說：

『嘿，可不可以也帶我去那間沒有名字的咖啡館啊？好酷的感覺。』

「好啊，下次有機會的話。」

『也約韻芯一起可以嗎？我超想認識她的。』

「沒問題啊。」

然而我卻從來沒有帶她去過無名咖啡館，在介紹她和韻芯認識之後，她也沒再提過想去無名咖啡館的這件事情，是不是他帶著她去了呢？我忍不住會這麼想。

止。

◆之二

徐韻芯

鈺倫起來的時候其實我已經醒了，只是我還裝睡直到他離開我的公寓去上班爲止。

我想我是有點害怕。和鈺倫的這一天這一晚要說是一點也不害怕不尷尬那眞的是自欺欺人，我不想在旁人面前見到鈺倫時露出一絲一毫的尷尬表情，我尤其不想鈺倫看見我看見他的尷尬，而我也不想看見他看見我的尷尬；可是另一方面卻又不想在他面前表現出若無其事的樣子，我害怕他誤會我把這一天這一夜當成是打發寂寞的只是個消遣，我尤其害怕他的心態會不會其實是這樣。

他是不是常常這麼做？他會不會誤會我經常這麼做？我不知道該怎麼辦，我覺得心情很亂，我打電話向圖書館請了假，就這麼帶著混亂的心情我來到咖啡館，推開咖啡館大門時我驚訝的發現到自己此刻居然強烈的希望能夠遇見S，強烈的想要和她說說話，隨便什麼話都好，都好。

可是她不在這咖啡館裡，我覺得很懊惱，竟沒有任何能夠聯絡上她的方法，我既沒有她的手機號碼也不知道她現在究竟是住在哪裡。我怎麼會粗心大意成這樣？

嘆口氣，我點了一杯熱拿鐵和一份鬆餅當作是早午餐，隨手取來的報紙翻了幾頁卻沒有一個字能眞正讀進眼底，索性把桌上的餐巾紙攤開來，拿出隨身放在包包裡的筆，就這麼低頭把腦海裡的故事開啓。

嘿！我們的故事要開始囉。

這是故事開頭的第一句話。就這麼一刻也沒停筆的寫著，也不知道是過了多久，當我回過神時是因爲手已經痠到麻木，而只喝過一口的熱拿鐵則已經涼到沒有任何的溫度；我起身活動一下僵硬的肩頸順便去上廁所，走回到位子時卻看見S正好端端的坐在我對面的位子。

這個位子是整個咖啡館裡最隱密的一角，幾乎可以說是連服務生點餐倒水都會忽略的那種隱密（而實際上我也是直到今天才發現這個隱密的角落座位），S爲什麼就有把握坐在這裡的人是我？

「妳什麼時候來的？」

『剛到不久。』

「怎麼知道我坐在這裡？」

『直覺唄。』

果真是S派的回答。

「要不要換個位子？這裡離門口滿遠的。」

『沒有關係反正我戒了。』

我有沒有聽錯？

『幹嘛突然那個表情啊？』

「滿難以置信的。」我坦白的說，然後忍不住的問：「怎麼突然想戒？」

『事到如今也沒有什麼割捨不下的，更何況只是香菸。』

「什麼意思？」

S聳聳肩膀，並沒有想要回答的打算。或許不回答也是一種回答吧、我想。

「不喝咖啡嗎？」

『今天沒帶錢。』

S搖搖頭，很乾脆的說。

「我請妳吧。」

還是搖頭。換了個話題，我問：「對了，趁著還記得的時候，給我妳的手機號碼吧，要不然根本找不到妳。」

『手機丟了。』

「什麼？」

『丟到垃圾桶裡，沒有手機了。』

「爲什麼？」

『因爲我知道它不會再響起，所以就乾脆丟掉了。』

雖然她一向令人難以捉摸，可是今天的她更是如此，今天的S不太尋常，她好像陷在某種我所無法了解的困境裡。看得太開會不會反而對於自己才更危險？

「發生了什麼事嗎？」

『什麼事也沒有發生，因爲本來就不應該發生，而且手機丟了很久其實，在這鎮上火車站前面的垃圾桶裡。』

答非所問簡直是。她怎麼了？

「妳怎麼了？」

『嘿！很謝謝妳這麼問我喔，眞的。』

「？」

『很多時候，絕大多數的時候，其實我們需要的只是一句問候：你／妳怎麼了？妳會不會也這麼覺得？』

「S……」

『我覺得好累喔，可能是腦子裡塞了太多東西趕不走吧，好累。』

S苦笑著，整個人像是被一層無形的膜給包覆住那樣，此時此刻的S給我一種很不眞實的存在感。

我望著好像又更瘦了的S，心裡湧起巨大的好奇，然後先試著這麼告訴她：

「關於妳要我寫下的故事，我已經開始動筆了。」

『我知道。』

我一楞，但隨即看到S指著桌上凌亂的手稿這才意會過來。我有點擔心她剛才看過了。

『妳差不多該回家囉。』沒頭沒腦的，S又突然的說。

「為什麼？」

『有人在等妳。』

順著S的視線，我望著她手腕上大大的錶，我問她：

「妳怎麼知道？」

『因為我剛剛才從妳的公寓經過所以知道，這麼解釋比較合理吧？』

「……」

『我去一下廁所，在這裡喝過這麼多咖啡所以借一下廁所應該沒關係吧？』

「嘿！」

不理會我喊她，S逕自起身離開；就這麼在位子上空等了半小時左右，最後我終於按捺不住疑惑的走去廁所察看，但結果廁所裡卻空無一人。

走了？為什麼要這樣走掉？

回到家時我看見鈺倫的車就停在眼前，他從後照鏡裡發現我的存在，按下車窗他探出頭示意要我上車。

『聽她們說妳身體不舒服請假？』

一上車坐定，他急切的問道。而我試著輕鬆著語氣回答：

「其實只是睡過頭，想偷懶所以就裝病請假了。」

鈺倫彷彿鬆了口氣那樣，接著他說一下班之後就來這裡等了，問我方不方便和他去別的地方吃個晚餐？而我點頭，但其實他沒說破而我也心知肚明的是，這裡並不方便我們談話，這裡住了太多我們學校的學生和外地的學校職員，我們的情況並不適合這些或許認識我們的人撞見。像是一種預告，從一開始，我們就註定了只能不著痕跡的愛著。

值得嗎？當然我也曾經不止一次這麼問過自己，只是在愛情的面前，誰又能夠考慮到值不值得這問題？

『妳幾點鐘上課？』

「不去也沒關係，」反正我來到這裡打工念書的目的也不是爲文憑，而只單純爲了逃避我之前的人生。我只說：「沒關係，反正我常蹺課。」

我望著四周陌生的街道，腦海中出現一個想像的身影：下了班之後每天開車獨自尋找收留自身寂寞場所的鈺倫。

坐定，點餐，抽菸。

鈺倫這次不像昨天那樣禮貌性的詢問我是不是可以選擇陽台的位子好方便抽菸，這個無意識的自然舉動讓我心裡立刻湧起一抹悲哀的甜蜜：一個晚上的時間拉近了我們之間無形的距離，然而另一方面我卻還是忍不住的擔心著：他接著想對我說的是什麼？我很抱歉？到此為止？

『我以為妳在躲我。』

這是他開口的第一句話。

『整天我都在胡思亂想自己是不是做錯了。』

「不——」

『嘿！聽著。關於昨天的事，我們之間，一方面我很害怕它會發生，可是另一方面，我卻還是很高興它發生了，說出來妳可能不相信而且說眞的妳相信也好不相信也罷，不過確實這是我第一次這樣。我不是感情慣犯，我眞的眞的希望妳能夠相信這一點。是的，我喜歡妳，是的，我早就已經喜歡上妳。』

我喜歡妳，鈺倫說。他接著說起在那之前我們之間的眼神追逐以及躲避，像是爲了緩和這窒悶的氣氛似的，他試著開玩笑說道：

『而且爲了能夠多幾次經過櫃檯看見妳的機會，我還因此每天多抽好幾根菸。』

「鈺倫——」

他還是打斷我，他繼續說，說重點，或者應該說是，他的她，他和她。

『我有女朋友，交往快八年了，我們的感情很平順我不想騙妳這一點，這些年來我也遇過幾個心動的女孩，可是我從來沒有行動過，我不想要背叛她、正如同我也不願意她背叛我一樣，而這是第一次，妳是第一次，我控制不住我的感情，對妳的感情，請妳相信這一點好嗎？』

我點頭。

『我沒有、沒有只是抱持著玩一玩的心態，我喜歡妳，很喜歡和妳在一起，而且經過昨天昨夜之後，我更加確定這一點。』

這麼說可能很自私。短暫沉默了一會兒之後，他接著說：但是我沒有辦法馬上對她提出分手的要求，她還在上海工作，透過電話分手對不起我們的這八年，而我們已經交往那麼久了，我們的感情甚至更像是家人，這是沒有辦法馬上就完全割捨的，但是，我卻又不想放棄妳。

『我是不是很自私？』

面對愛情，誰能眞正辦到不自私？

我告訴他：「謝謝你。」

『嗯？』

「說謝謝好像很拘謹但確實我眞的想要謝謝你，謝謝你今天來找我，告訴我這些，我覺得安心好多。我也一直在胡思亂想，這一整天，我一直在胡思亂想，擔心你怎麼看我、怎麼想我，我還想我自己是不是不應該自作多情——」

『不是。』

「鬆了一口氣的感覺呢。」

我說，笑著說，還很沒用的溼了眼睛，鈺倫沒有再多說什麼，他只是握著我的手，讓這一切、我們之間，都盡在不言中。

隱密的愛情。

爾後當我回想起這天的時候，心底總是百感交集的滋味複雜。談一場隱密愛情得付出的最大代價是寂寞，然而這卻是當時已經深深陷入的我所無法察覺的，或者就乾脆坦白的說是：明明知道和眞能做到，永遠是完全不同的兩回事，在愛情的面前。

第七章

「我老是忘記你已經死掉的這個事實，是不是因爲我太錯覺你一直還活著？」

◆之一

鄭維杰

當S終於見到韻芯同樣是在我的簽書會，半年之後我的下一本新書簽書會。

當時的韻芯與其說是依舊停筆休息的狀態，倒不如就直接說是她似乎已經確認了自己不再寫作了；而身邊的人（尤其是出版社）（尤其是以禾）對此態度也從焦急討論、心想能夠提供什麼幫助，變成想要假裝這個狀態並不存在似的不再討論，鴕鳥心態。沒有人知道韻芯是怎麼了？發生了什麼事？怎麼好好的卻突然就寫不出來不寫了？或許連韻芯自己都沒有答案也不一定吧。

所謂的創作說穿了其實就是這麼一回事，即使是眞正有天分的人，也不見得能夠永遠掌握住。

所以當這天韻芯也出現在我的簽書會時，才會讓他們都嚇了一跳：『以前總是忙著寫稿抽不出空的韻芯這下終於露面了！』最驚訝的應該就是以禾了，那一陣子他一直抱怨韻芯甚至不回信也不接他的電話，眞的簡直就像是消失了一樣；我不好意思告訴他，其實我們還算滿常見面的，無論是在MSN線上，或者是約在無名咖啡館裡。

整場簽書會上我一直忐忑著他們其中哪個誰會這麼白目的說穿，因爲首先，韻芯停止寫作的這件事情漸漸成爲出版社裡的禁忌話題，還有就是，韻芯其實不太喜歡洩露她的作家身分、當有陌生人在場的時候。對於自己的作家身分，她低調得幾乎潔癖。

然而看來我似乎是多心了，因爲安安靜靜坐在讀者群裡的韻芯看起來心情不錯的樣子，以禾雖然時不時就抽空過去和她說幾句話，而這群傢伙也坐在她的周圍有一搭沒一搭的閒聊著，沒有人看出她的作家身分，連S也是。於是我才鬆了口氣：原來這群賴子並沒有我想像中的狀況外，他們不約而同都知道要保護好韻芯的立場。

還好。

直到簽書會快結束的時候，S才以一種闖入的姿態到來，我沒留意S到了之後和誰說了什麼笑了什麼坐在誰的隔壁，我當時沒有多餘的心思去想，我該留意嗎？

簽書會結束之後，我們一行人走出門口吞雲吐霧的時候，我才想起似的介紹她們彼此認識，我不太確定韻芯是怎麼看待S的？是不是以爲她是他們之中哪個誰的女朋友呢？不曉得，我當下只是有點錯愕這半年來一直嚷嚷著要我介紹韻芯給她認識的S，在相互打過照面之後怎麼就趁著我們談話的空檔悄悄溜走了？是不是韻芯不太像她想像中的女作家？就像當時我初見韻芯時的感覺？和想像中的女作家很不一樣，倒像是從小說裡走出來的女孩。我沒機會問她。

而韻芯呢？又是怎麼看待S？他們之中誰誰誰的女朋友？或者是某個朋友的朋友，後來變成我們每次相約聚會時、口中「找那個誰一起來嘛！一定很熱鬧」的朋友。

就例如我的學弟。這就是爲什麼他總是大量出現在我們聚會裡的原因。學弟起先只是我的學弟，學弟後來變成這群人裡每個人的朋友；就是有這種公關性格的人，和誰都能一見如故、變成朋友，還不分男女，這種人通常不是早婚就是晚婚，而學弟是前者。

在這場稍晚的晚餐聚會裡，話題不知是怎麼聊的、竟聊到了學弟身上，不，更正確的說法應該是，聊起我們共同度過的青春歲月：那些一起喝過的酒、蹺過的課、杜爛過的教授以及回想起來眞是有夠幼稚但當時卻眞眞覺得很帥的那些一起幹過的蠢事。

我們還聊起那個學校，在志願表上排名不怎麼樣、而且地理位置還眞是沒話說的偏僻，我和學弟相識，是因爲同科系，也是因爲當時他的爸爸和伯伯幾乎是我們學校絕大多數外宿生的房東。他們家族是當地的大地主。

『嘩！原來你是有錢人家的小孩喔。』

席間有人發出了這樣的讚嘆，而學弟連忙搖頭否認：

『才不是咧，那裡的房價又不高，後來還是託了那所大學的福，才終於有點房租收入，是沒餓過肚子沒錯，但也絕對稱不上什麼有錢人啦。』不理會所有人的噓聲，他繼續又說：『要不是媽管嚴不給錢又不放人的話，我才不想留在那裡念大學咧，早就想來台北鬼混了。』

還是被噓。

於是他像是要丟掉什麼麻煩似的，索性把話題丟到了我身上：

『要說公子哥的話，我們鄭老大才是帶有良好基因的公子哥吧。』

然而有人卻還是不肯放過學弟，把話題又帶回：

『所以你野了幾年，最後還是從媽管嚴變成妻管嚴嗎？』

『好啦你們。』

學弟帶著笑意說出這句其實已經不爽邊緣的簡短話語。

大概是時間晚了、餐廳要打烊了，於是在學弟的這句話結束之後，我們接過服務生含蓄的暗示眼神，買單離開。

走到餐廳門口的時候，照例是有人提議要到我的工作室續攤喝酒，這麼提議的人並不是照例的學弟，他反而反常的說：

『今天就不了，我也該回家抱老婆了。』然後，就著方才的不爽，他溫和的諷刺：『畢竟是個妻管嚴嘛，哈哈。』

那天的最後我們並沒有續攤聚會，因爲少了學弟也是因爲氣氛有點僵掉，當大夥在門口揮手道別的時候，我才發現S不知道什麼時候居然已經無聲無息悄悄離開。

她總是突兀的來，又悄聲的走。

在送韻芯回家的車上，她問我：

『他老婆也在台北嗎？』

我滿意外她居然會問起學弟的事，因爲嚴格說來，這群人裡面、她最不熟識也最想保持距離的人大概就是學弟。

「沒有。」我告訴她，「她和公婆住在他們老家，原因他說過，可是我一時想不起來；偶爾才會上台北找他，不過通常都還是他回老家比較多。」

『好奇怪。』

「怎麼說？」

『如果是分隔兩地的話，又爲什麼要結婚？』

「這帶給妳什麼靈感嗎？」

『喔、拜託，這就是爲什麼我躲以禾的原因。』

「哈～～」

我以爲她接著會問起S這個新面孔，可是她沒有，韻芯只是接著聊起最近看過的書和電影，直到她家出現在我們眼前爲止。

然而誰也沒有想到，在那一次聚會裡，恐怕連一句話也沒有交談上的兩個女孩，後來居然會以好朋友的姿態出現在我的生日聚會上。

而我怎麼也沒有想到，那竟然會是我和S決裂的起點。

◆之二

徐韻芯

固定和鈺倫在他值晚班的前一天晚上約會，下了班後我們會開車到離這小鎮上大約半個小時車程的市中心尋找不同的餐廳或者咖啡館晚餐，這是我的專長，也是我多年來的生活重心，甚至我還曾經異想天開地想要寫一本這方面的指南書，但結果總只是想想而已。習慣於書寫虛構的故事之後，編寫現實的資料訊息反而對我而言存在著某種程度的困難。

鈺倫除了驚訝於我對於這方面的資訊豐富之外，更是對於我蹺課這件事情的灑脫程度捏把冷汗。

『妳的老師在圖書館看到妳的機率，該不會比課堂上多吧？』

「我偶爾還是有去上課的。」

『平均一個星期上一堂課？』

「平均應該有兩堂吧。」

『天哪，這麼亂來不怕被當嗎？雖然夜間部多少是會寬鬆一點，但是——』

「被當的話就乾脆不念啦。」

我說。

確實打從一開始我就是懷抱著這樣的心態面對這份學業，因爲是短暫逃避性質的人生選擇，所以那紙畢業證書對我而言根本就不重要，反正到時候再決定要不要繼續寫作、或者試看看到出版社當編輯；然而和鈺倫關係確認之後，開始我也難免擔心，如果當眞休學或者被退學的話，首當其衝的就是沒有辦法繼續留在這個鎭上甚至是在圖書館打工了吧？如此一來就不像現在有這麼多的機會和鈺倫待在一起了。我常常抱持著這樣的覺悟試著乖乖上課，然而當老師轉身寫黑板的時候，卻又不由自主的立刻溜掉，然後極爲自然的獨自去到咖啡館繼續寫作。

直到那個時候，我還沒有告訴鈺倫關於我的作家身分，以及我正在進行中的小說，我不知道爲什麼我沒有。

是不是我還太習慣把自己保留？

有回午間獨自留守圖書館的空檔，我甚至發現自己居然正在瀏覽著學校的徵才訊息，隨便什麼單位什麼職位都好，只要能夠讓我繼續留在這個學校裡，和鈺倫呼吸著同樣的空氣就好。

往後回想，這時候的我依舊不夠清楚自己想要什麼樣的未來，想過什麼樣的人生，但唯一可以確定的是，當時的我知道自己是完整的，因爲鈺倫。

我想和他在一起，不去管未來，也不考慮彼此的身分，就是單純的，想要和他在一起。

我們總是在鈺倫的公寓過夜，因爲在這裡不會遇見任何的熟人，最重要的是，鈺倫的公寓實在比起我的學生套房而言舒適多了。

這是一幢全新的電梯大廈，不確定是不是因爲離這地區主要的街道較遠、又或者租金略高的關係，這幢大廈的空房率出奇的高，平時幾乎看不到有其他房客的進出，而這正是鈺倫選擇它的原因；鈺倫不喜歡吵，簡直可以說是害怕吵雜害怕到了無法忍受的那種程度。

大廈的設計規劃彷佛是以家庭客層爲主要訴求，總共有三棟的大樓像是古早年代的三合院那般排列組合，或者它的前身正是三合院也不一定吧？三棟大樓圍繞著一處仿公園似的小型花園，聽說還有一個始終空著的游泳池，不過我從來沒看過這傳說中的游泳池在哪裡；每一層樓總共有兩個單位，每個單位有三間同樣格局大小並且附有浴室以及陽台的獨立套房以及一個共用的客廳和廚房，而鈺倫住的這一整層樓就只有他這麼一個房客，有幾次鈺倫還問我要不要乾脆搬過來住算了？而我總是回答他再說吧。

『爲什麼？反正還有兩間空房。』

有一次鈺倫這麼問道，而我發現我可以告訴他這樣的進展太快我怕會陷得太深，怕失速，可是我沒有，因爲我眞正想告訴他的答案是：我們一直在假裝她不存在。我們只談論過她一次，但她其實一直都在，每一分，每一秒，都在。

我什麼都沒說。

確實如果不是鈺倫自己首先就坦承有個她存在，那麼我是無論如何也不會相信這樣一個男人、生命裡其實還有個她存在，在等待，鈺倫怎麼看都不像是有個交往八年女友的男人。

首先，鈺倫並不經常提起她，無論是對於我，又或者圖書館裡的職員，尤其在那次的告白之後，對於我而言、鈺倫甚至是再也絕口不提的，我不知道他是顧慮我的感受或者其他什麼的，反正我也不想聽。或許我不會想要聽。

再者，我很少看到鈺倫打電話給她，或者是他的家人；並且，鈺倫並不像我所認識的絕大多數情侶那樣，會在手機的桌面秀出彼此的合照。

有次我要了他的手機來看，結果驚訝的發現手機的桌面照片居然是一隻狗，身體是喜感的圓但長相卻是一臉流氓樣的英國鬥牛犬，無論是毛色、渾圓或表情，看起來都像是狗娃娃似的英國鬥牛犬。

『牠是阿龐，我們家的狗，今年五歲了，說來正值壯年，不過卻已經被結紮掉了，對不起了、阿龐。』鈺倫笑著說：『可以的話眞想把牠接過來一起生活，不過我媽怎麼就是不肯放手，不過或許這樣對牠比較好吧？比起我來、我老媽確實是把阿龐照顧得比較好，每天有親手煮的晚餐，而且下午幾乎都躺在院子曬太陽，最重要的是，阿龐牠很懶，可是牠的腳又不好需要保持活動，而我媽又比我多出太多的時間帶牠去散步。』

愛大概就是這麼一回事吧？不是自私的佔有，不放手，而是轉身讓他去過更好、更適合他的生活。

『如果住在這裡的話，阿龐每天只能吃乾狗糧，而且沒辦法整天出去曬太陽還有長時間的散步，這樣對牠不太好。』

「真好。」

『嗯？』

「我從小就一直很想養隻狗，屬於我自己的狗。」

我說。

小時候媽媽嚴格規定我們得午睡，每天她會確定我們睡著了（或是看見我們假裝睡著了）才會繼續回到家裡開的書局幫忙；小時候的我算是乖巧到幾乎自閉的小孩，對於母親的要求總是乖乖遵守到像是討好的地步，於是每當確定哥哥和姐姐被趕上床之後，我就自動的也跟著躺平，然後睡著。

常常醒來的時候才發現家裡已經空無一人，我不知道媽媽是什麼時候離開的？也不知道哥哥和姐姐是什麼時候偷溜出去玩了？只剩下我一個人，乖乖聽話，乖乖睡著。每當那個時候，我一個人望著空盪盪的房子，總有一種被全世界給遺棄的心傷。

在那種不被任何人理會的下午，我通常一個人坐在客廳裡玩芭比娃娃，我會和她們說話，還會替她們編故事，或許我對寫作這方面的想像力就是源自於那段只有芭比娃娃陪著我的午後時光吧。

媽媽喜歡買芭比娃娃給我，或許是想滿足她貧窮的少女時代一直無法完成的遺憾，或許只是她一心認爲這個乖巧的小女兒只喜歡待在家裡獨自玩娃娃吧？但其實不，我只是沒有選擇而已。天曉得。

小時候的我幾乎長時間待在家裡，然而長大後的我卻變成一個家庭觀念淡薄的人，我幾乎每天出門，儘管只是一個人找家咖啡店待著看書；就算是在家的時光，也總是一個人獨自待在房間裡，我不會主動找他們聊天，就算是他們試著找我聊天，我也總是潛意識的抗拒。如今回想，我仍然不明白我潛意識裡抗拒的是什麼。

誰也搞不懂爲什麼小時候最讓家人放心的小女兒，長大後卻最教他們擔心，無論是我選擇了寫作，或者是爲了寫作於是選擇休學。

母親顯然很憂慮我對於他們情感的冷淡，每當她叨絮著這一點叨絮到讓我難以招架的時候，哥哥總會適時的替我解圍：

『作家都是這樣吧。』

哥哥和鈺倫相同年紀，他在我這個年紀的時候就脫離了原生家庭、自己當起戶長來。哥哥是個樂天派的人，他對於自己變成戶長的這件事情滿意得不得了，甚至還試圖要求他那正在牙牙學語的小兒子喊他作戶長而非爸爸，還好這個念頭被嫂嫂極力勸阻。

小時候的我們一直很想很想要養隻狗，但是媽媽不同意，媽媽討厭狗也怕狗，關於想要有隻狗的這個願望在我們的童年時光始終沒有實現，後來隨著我們三個小孩長大成人、各自外出讀書工作，這件事情好像也理所當然似地被淡忘了，直到今年過年的時候哥哥才又提起，於是我們才想起：我們曾經是那麼強烈的想要有隻自己的狗呀。

今年的中秋節哥哥因爲人在對岸所以沒能回家過節，少了哥哥的我們家因此顯得冷清許多，就是每年必然的烤肉也省去了；晚餐過後我們應景似的吃了月餅，然後爸媽被朋友找去唱歌泡茶，留下我和姐姐看著電影，就這麼有一搭沒一搭的聊天；我問她關於新工作的情形，而她則問我新生活適不適應……突然間，她說：

『其實哥哥還是很希望我們能夠養隻狗。』

「嗯？」

『他說這樣對妳比較好。』

我的反應是楞住，而姐姐自顧著繼續說：

『過年的那時候吧，那天妳不在家，他就說了，如果家裡能夠有隻狗的話，那麼妹妹就會快樂一點了吧？本來我們都計畫好等年假結束之後就要去看狗了，連流浪動物之家的地址啊什麼的都上網查好了，還滿腦子想著要先瞞著妳給妳個驚喜呢？還是先告訴妳然後一起去挑比較好？但誰曉得沒多久我們都離開家了，所以這件事情也就不了了之了。』

我當時是用了多少力氣才壓抑住鼻頭的酸楚而不至於掉眼淚呢？我不知道，我只是在想，難道一直以來的我，眞的不快樂得這麼明顯嗎？

各自沉默了好一會之後，鈺倫才慢慢慢慢的開口說：

『雖然剛才被妳拒絕了，不過……』

我看著他手心裡的鑰匙，一時間還意會不過來。

『對，這是備份鑰匙，對，我早就已經準備好了，對，妳剛才拒絕我了，不過我還是很希望妳能夠搬進來住，把這裡當成家，我們一起的家，因爲我眞的眞的很喜歡這個屋子裡有妳在的感覺，而且如果妳突然不想看到我或者突然想要自己一個人的話，妳反正把房間的門關上就好了，我會明白妳的意思的，所以，先收下好嗎？我的手好痠，而且越來越尷尬了妳有沒有發現？』

我笑了起來，接過鈺倫手中的鑰匙，然後吻住他。

儘管相處的時間變多了，然而和鈺倫待在一起的時候，我幾乎還是會習慣性的關機，我知道這樣好像不太好，但是沒有辦法，我不要任何形式的打擾，和鈺倫待在一起的時候，我要我們完完全全的獨處，完完全全的。

或許是潛意識裡的不安使然，我不知道眼前的幸福能夠持續多久？不確定我們的未來是否終能交集、最後終於圓滿，於是我更加珍惜，珍惜每個和鈺倫待在一起的當下，幸福的當下。

那麼，爲什麼不開口要鈺倫和他那交往八年的女友分手？讓我們的關係正式確認？光明化？我在心底問過自己千百次，然而卻也僅止於如此了，我只是問我自己、而不問鈺倫，我絕口不提，而鈺倫也是；儘管這是從一開始就存在於我們之間，然而我們選擇的處理方式不是正視解決，卻是視而不見，不是面對，是逃避。

逃避總是最輕鬆的方式，儘管沒有什麼能夠眞正永遠逃避得了。

逃

避

第八章

她靜悄悄地來過　她慢慢帶走沉默
只是最後的承諾　還是沒有帶走了寂寞
我們愛的沒有錯　只是美麗的獨秀太折磨
她說無所謂　只要能在夜裡翻來覆去的時候有寄託
〈她說〉林俊傑
詞／孫燕姿　曲／林俊傑

◆之一
鄭維杰

把生命中裡的每一天都當成人生中最後一天來對待，這樣的態度不知道是眞正積極還是反而消極？無論如何，在遇見S之前，確實我是這樣對待我的每一天的，我總是把工作擺在第一位，深怕來到眼前的每一個機會一旦沒捉緊便會就此錯過，於是我總是在工作，總有做不完的工作，我以爲這樣的人生是所謂的成功。

直到遇見S之後，我才慢慢明白，那會不會其實是逃避？把人生中大量大量的時間逃避進工作裡，好麻痺自身對於現實以及過往的感覺，那個反正揮別不了、索性就留在過去的、不想回憶起的自己。

逃避，麻痺。

而我只是在想，那麼，如果是把和身邊每個人的每次見面都當成是最後一次呢？那麼人生會不會減少很多缺憾？又或者反而矯情？

最後一面。

和妹妹最後一次見面是她十五歲生日那天。那天妹妹和父親吵了一架，妹妹那天放學後想和同學去唱KTV歡度生日，可是爸爸不肯，覺得她年紀太小，覺得那種地方不好，覺得妹妹是不是談戀愛了否則爲什麼一向溫順乖巧的妹妹這次卻堅決的甚至爲此和他吵架冷戰？

妹妹是談戀愛了，初嚐戀愛滋味，而這是個祕密，她只告訴我，不可以說出去我們約定好的。

於是那天一大清早，還在冷戰、等著妹妹變回以前的妹妹低頭道歉的爸爸不願意一如往常帶妹妹去學校上課，而妹妹也是，一語不發的就這麼負氣出門。

那天早上我們有道別嗎？我們最後說的一句話是什麼？我有沒有跟她說聲生日快樂？我有沒有提醒她這個世界不如她所以爲的善良？又或者我其實很高興利用妹妹的負氣懲罰爸爸的脾氣？懲罰我們這三個小孩裡、爸爸最冷落最失望的孩子是我？因爲我完完全全不符合他的期待，我不是他期望著想要擁有的小孩，我不愛念書，不想和他們一樣當老師，我只想畫畫。

我很高興終於我不是唯一一個從爸爸眼中看到失望的小孩，我很高興有妹妹作件，我很高興在這一方面我們終於是同一陣線了。

最後一面。

那是我們和妹妹的最後一面，那天妹妹依照她的計畫和同學去唱歌歡度生日，直到爸爸規定的門禁九點時，妹妹還是沒有打電話回來，媽媽開始著急了，而爸爸卻還在鬧彆扭不說話，於是媽媽雖然乾著急但卻還是耐著性子等到十點之後，才一個一個打電話給妹妹要好的同學，然而得到的答案卻是她們早就已經回家了，因爲隔天還要上課不是嗎？

我們開始慌了。

我們出門去找，在家的附近找，問左鄰右舍找，去學校附近找，問迎面而來的路人找，一家一家KTV的找，怎麼目標明確、怎麼漫無目的的找就是找不到妹妹；忍耐了整晚直到隔天清晨時，妹妹還是沒有回家，也沒有打電話回來，於是大家都慌了，爸爸去警察局報案，而媽媽則到學校親自再問一次昨晚同行的同學，哥哥則在家附近一次又一次再詢問，而我沒有被指派任務，他們要我去上課，好像我的學業眞的比妹妹失蹤這件事還重要。

我覺得很荒謬，可是我什麼都沒說，我想我可能不是很重要、什麼忙也幫不上，在我的家人他們眼中，最荒謬的其實是，在那種情境下的我，居然還有餘力猜疑自己在家人眼中的重要性。我眞荒謬。

我什麼都沒說。

當妹妹的同學呑呑吐吐說道，那天在唱完歌之後、有個高壯的男生來接她時，我什麼都沒說。

當左鄰右舍指證歷歷地說道，那天在妹妹上課前、有人看見子青在街角和她攀談時，我什麼都沒說。

當他們開始自由聯想、子青會不會就是那個男生？當他們開始穿鑿附會子青是不是對妹妹心懷不軌？當警察把子青帶到警局問筆錄時，我什麼都沒說；我可以說妹妹其實另有男朋友，可是我不知道他是誰，我可以說子青喜歡的是子薰不是妹妹，可是我什麼都沒說，我怕所有的人都怪我爲什麼不早說？早在妹妹有男朋友的時候就該說；我怕他們怪我爲什麼平常要和子青那種人家的小孩玩混在一起？甚至有時候還讓他進來我們家？是不是因爲這樣所以害得子青盯上妹妹？

我害怕得不敢說，我害怕得幾乎要嘔吐。

我害怕。

那是我們最後一次見到妹妹，在她十五歲生日的那天早上；那是我最後一次看到子青，當他從警察局裡臉色慘白的回家。

那天晚上我眞的吐了，在那件事情發生的不久之後，當我聽到子青因爲走上歪路而死於非命時，我試著在心底告訴自己，那件事情只是加速子青走上歪路而非導致如此，我想要同意爸媽他們不屑的評論著這就是所謂的上樑不正下樑歪，然而我當時實際說出口的卻是：

「確實那天子青是被看到最後和妹妹說話的人，但有沒有可能只是他在告訴妹妹怎麼搭公車去上學而已？有沒有可能他是被別人眼中的自己給嚇壞了所以放棄了自己？有沒有可能他會落得這結局只是因爲從來就沒有大人告訴他正確的人生該怎麼走？」我一股腦的說：「有沒有可能妹妹她完全不是你們想像中的那個樣子？不是那個單純的小天使！」

我得到的回應是媽媽的沉默和哥哥不諒解的眼神，以及，是的，爸爸的巴掌，當我帶著灼熱的臉頰把自己關進房間裡的時候，我吐了。

在子青的事件不久之後、爸媽他們決定搬家，而當時我離開台北念大學，應用美術系，然而當我大學畢業回到台北新家時，爸媽他們卻回到宜蘭老家，我不知道爲什麼他們不想要和我同住在一個屋簷下，又或者只是單純他們接到警察局通知他們去確認一具被尋獲的年輕女生屍骨是不是妹妹？他們寧願妹妹不是死了而是雖然失蹤了但卻還在這個世界上某個地方快樂的活著，所以他們不想去確認吧？我不曉得。我是這麼希望的，就算只是自欺欺人也無所謂。

無所謂。

我沒想過要問他們，我們已經很久沒有和對方說過話了。妹妹失蹤之後，我在這個家裡更加顯得像是多餘的成員。

我如今獨自在這個他們遺留下來、完全屬於我的新房子裡開始我的新生活，把過去的自己留在過去，用全新的自己，重新活過。

直到S出現爲止。

當S帶著子青的名字出現在我眼前時，我以爲我即將會被過去吞沒，我以爲我會害怕，害怕到夜裡嘔吐不已；然而我沒有，隨著和S一次次的相處，我不可思議的慢慢發現到反而我是和過去的那個自己和解，那不是誰的錯，沒有誰是眞正的做錯，錯的是那個做錯事的人，那個只有妹妹知道他是誰的男人。

和解，和過去的自己，和解。

我甚至開始能夠喜歡自己，或許是因爲雖然代表著過去、但卻對於那段過去一無所知的S，也可能只是單純的因爲S她本身所散發出來的能量吧？我發現我很喜歡因爲S的出現而又再一次新陳代謝的自己，這個自己不再勉強自己扮演關係是朋友、但感覺卻像雖然沒有血緣但感情卻像是另類大家庭裡，那個什麼事都交給他、有什麼困難就去問他的成熟大哥哥角色；我甚至也不再強求自己必須是這個大家庭裡所有人眼光的焦點，也不再追求必須要被身邊的每個人所喜歡的這件事情；我很高興S取代了這個位置，我很高興S的加入讓我們的聚會更熱鬧更頻繁，我很高興自己原來也可以安安靜靜的待在角落還覺得自在，我更喜歡現在的這個自己，S出現之後的我自己。

我很高興S的出現，如果可以的話，我眞希望這一切可以永遠不會變。然而，一切卻都變了。

因爲愛情。

生日那天，在夜店裡，當我看見S細細的手腕戴著他大大的手錶時，所有的疑惑所有的預感都得到了解答：他們眞的在一起，他們不該在一起。走私愛情，從來就是種危險。

究竟有什麼愛情，値得把自己推向危險？

愛情不是玩火，從來就不應該是。

於是我發現，過去的那個自己，其實並沒有被留在過去，而只是被隱藏於現在的無時不刻而已。

過去那個偏執地認爲愛情會帶來厄運的自己，那個骨子裡其實害怕著愛情的自己，那個因爲愛情所以失去了妹妹的、過去的自己。

我們大吵一架，在聚會結束之後的夜裡，我和S。我沒想到那會是我和S的最後一次見面，她的決裂讓我想起當年的妹妹，我感覺自己彷佛會再一次的被撕裂。

我告訴自己這一次不許害怕，就算必須武裝也不許害怕，我不想被過去的自己吞沒。

自我保護，當年妹妹沒爲自己做到的；自我保護，當年子青應該爲自己做到的，如今，我要爲自己做到。

最後一面。

我想也沒想過，我和韻芯，竟有可能也會走到這一步，這最後一面。

我是怎麼讓自己變成這個樣子的？我怎麼會讓自己一直一直的錯過？都是我的錯？

◆之二

徐韻芯

接到維杰的電話，才發現手機居然忘了關機。和鈺倫待在一起的時候，我的手機幾乎都關機，我想要完整保有和他相處的每一分鐘每一秒鐘，我也知道這樣子的做法太傻太不理智而且似乎太悲觀，可是沒有辦法，我把和鈺倫待在一起的每一分每一秒都看待成是倒數這樣的心情，而他也是吧？

無法明確的未來，不確定能否走到結尾的忐忑，濃縮了我們對於這份感情的濃烈和珍惜。

誰也不想這樣，但卻也只能這樣，借來的幸福，能怎樣？

此時是週六早晨九點時刻，而我們一如往常賴在床上捨不得離開這溫暖的被窩和對方的體溫，尤其是在這種寒流來襲的冬令時刻；當我看著手機上維杰的來電顯示時，首先闖入我腦海的疑問是：他怎麼了？維杰和我都是沒有辦法早起的夜貓子作息，這種時刻通常不是我們結束整晚的創作、正準備入睡或者方才入睡，我記憶中的維杰一向也從來不會在這種時刻打電話給任何人、尤其是和他作息一致的我。

他怎麼了？

在重新躲進鈺倫的懷裡時，同時我還是接起了手機。

『最近過得好嗎？』

而，這是維杰開口的第一句話，我們的談話就在這樣慣常的問答之中進行，但突然的，維杰話題一轉，他以試著想要自然但卻明顯無法自然的口吻問道：

『聽說妳談戀愛了？』

「聽誰說？」

『每個人，他們都說妳應該是戀愛了，越來越難找到妳。』

我還是忍不住想像當維杰面對他們的臆測時，他會是什麼心情什麼表情？會不會還是一副無所謂的溫文以對？我們長久以來曖昧不明的關係是不是終於也教他失措？我不知道，我的思緒亂飛。

『我去找妳好不好？今天。』

「今天？」

『嗯，手邊的工作進度突然超前結束了，身體雖然很累，可是腦子卻一直繞跑，反正睡不著，所以就乾脆讓自己失眠到底算了，然後腦子不知怎麼轉的，我想到了妳，才發現我們好像已經好久不見了，我突然很想妳，想看妳，想見妳一面。』

「我不知道……」

『妳星期六不是都休假嗎？還是妳會回台北？』

「我不知道，我今天可能有事。」

我說，我們今天其實還沒有任何計畫，但我卻還是口是心非、或者就直接說是害怕的這麼說。

爲什麼要躲開？我問我自己。終於這一刻到來，爲什麼我的反應卻是直覺的想躲開？我們是什麼？

手機的那頭，維杰還在說著：

『我想見妳一面，好不好？』

我想見維杰嗎？我忍不住的問自己，在心底。可是見了面又能怎麼樣？一如往常喝幾杯咖啡、吃一頓晚餐，然後呢？除此之外，或許說些不痛不癢的話語、或許說些讓自己說了後悔、讓彼此聽了難受的話，那麼何不就乾脆不要再見這一面、對我們比較好呢？我們是對方的什麼？只是好朋友？不只是朋友？我還想見他嗎？對於維杰，我還有感情嗎？

那又怎麼樣？沒有誰活該一直一直地等待，等待一段曖昧不明的戀愛，是嗎？不是嗎？

這一刻終於到來，長久以來我們放在心底忍著沒說的這些那些，在今天，似乎就要揭曉，說破；然而我的反應卻是只能張開嘴巴、卻什麼也說不出來。我什麼都沒說，儘管對著手機，沉默。

我聽見他說：

『總之，我很想見妳一面，我今天就去找妳。』

維杰說，然後就掛了電話，我沒聽過維杰用這麼堅定的語氣說話，和我說話。

他怎麼了？

我怎麼了？

我們怎麼了？

我們怎麼辦？

『要喝咖啡嗎？』

身後鈺倫的聲音打破了這通話之後的短暫沉默，我這才發現他從手機接通的那一刻起就一直保持沉默。我說好。

當鈺倫掀開棉被起身的同時掀起了一陣冷空氣竄進原本溫暖的棉被裡，我忍不住打了個哆嗦，簡直就像是個不祥的預兆似的，我忍不住這麼想到。搖搖頭，把這個傻念頭甩開，我跟著起身穿衣。

沉默。

沉默彷彿從方才的手機漫延到餐桌，餐桌上是兩杯剛煮好的熱咖啡以及兩份冷掉的隔夜可頌，誰也沒有力氣沒有心情把可頌放在烤箱裡加熱；餐桌旁對坐著的兩個沉默的我們；我們一反往常沉默的吃著喝著，直到終於由鈺倫打破了這沉默。他說：

『是他打來的電話對吧？妳有時候會提起的那個人，』他苦笑著更正：『妳滿常提起的那個人。我一直記不起來他的名字。』

「維杰，鄭維杰。」

『嗯。』

「很好笑。」我說，「認識我們的人都一直以爲維杰是我的男朋友，但其實維杰並不是，就算我們之間曾經有過什麼可能，不過我們終究沒走到那一步。」

我不想說了，可是話語就在我的舌尖上跳舞，它們不請自來，而我也嚥不下去。我繼續說：

「而你是我的男朋友，這點再確實也不過了，簡直是不用懷疑的再確實不過了，可是認識我們的人，卻都不知道這件事。我的人生好荒謬。」我的人生怎麼了？「他們會不會不明就裡的以爲我們兩個人互相討厭著對方？否則爲什麼在圖書館裡就是連點頭招呼都避開了？」

鈺倫沒有回答我，或許是這個答案太沉重，或許是這個從一開始就心知肚明的答案根本提也不應該提起。

逃避不一定躲得過

面對不一定最難受
失去不一定不再有
躲身不一定是軟弱

在這令彼此都難堪的沉默空檔裡，在這遲來的難堪裡，我在心底像是背誦課文似的、喃喃默唸著這段網路上大量流傳的文字：不一定。

然後我終於知道，很多的道理說來簡單，但真要去做，卻太難，尤其是當愛已深陷的時候。

當下我的心底泛起一股強烈的念頭，我想要鈺倫做出選擇，選擇我，或者她；我甚至想要馬上走到他的辦公室想要他立刻給我答案，一個明確的答案，拒絕也好承諾也好——

低頭，鈺倫把馬克杯裡冷掉的咖啡喝乾，抬頭，我聽見他說：

『去泡溫泉吧！』

「嗯？」

『我們今天不是還沒有計畫嗎？這幾天不是冷斃了而我們一直嚷嚷著在這種冷

天氣裡去泡溫泉最適合不過了嗎？那麼不如就今天去吧！現在就出發吧！』

「鈺倫……」

起身，轉身，鈺倫停下走向流理台的腳步背對著我，他說：

『他現在應該已經在路上了吧？在來找妳的路上了，這樣很自私我知道，我沒有理由把妳帶走藏起來，沒有理由也沒有資格，從一開始就是；可是我很害怕，越想越害怕，我害怕一轉身一眨眼妳就走了，被他帶走了，我害怕妳本來就應該屬於他，我怕得受不了，我甚至對於原來我是這麼自私的一面感覺到害怕，我——』

「走吧。」

『嗯？』

「溫泉，說走就走。」

溫泉，說走就走。

捉了簡單的行李我們上車開往泰安的方向，雖然都知道在這種季節裡臨時起意的溫泉小旅應該是會遇不到空房、無法成行，但我們還是上車，開車，開往泰安的方向。我們追求的或許不是溫泉小旅，而是逃避。

逃避著我們從一開始的逃避，逃避著我們終究不得不的面對。

泰安。

每遇到一家溫泉旅館我們就下車詢問，昂貴的便宜的豪華的簡陋的，都下車問，然而得到的回應卻是千篇一律的：抱歉訂房已經額滿。

「算了吧？」

轉頭我問著鈺倫，然而鈺倫凝望著前方，說：

『再往山上開一段路試看看，再試一家吧？好嗎？』

「好。」

於是我們繼續往山的方向開著車，最後簡直就像是在這座山裡迷路了似的，迷路到簡直就像是再也回不到市區了似的；在這失去了所有方向感的深山車途中，鈺倫自嘲的開著玩笑：

『我們會不會再也找不到路下山，所以不得不在這深山裡蓋起房子隱姓埋名的過活？』

「感覺像是失樂園該有的結局。」

『什麼？』

「小說，如果失樂園這小說換成這結局的話，或許還皆大歡喜也不錯。」

『原本的結局是什麼？』

「外遇的男女主角在做愛中服毒自殺。」

『……』

「不過小說終究是小說，只是小說；這是小說最棒的地方：它永遠不會成眞，也永遠不用在意眞實。」

小說傷害不了現實，也永遠不會被現實傷害；小說可以天馬行空，但卻，也永遠不會成爲現實。這是小說最迷人之處，也是小說最教人心傷的點。

最終我們還是找到了一家尚有空房的溫泉旅館，在這座山的最深處，深到簡直遺世獨立；最終有空房收留我們的這家名字教人過目即忘的溫泉旅館、房價中上，設備普通，餐飲隨便，服務很差，然而溫泉和星空卻是教人忘不了的好。

「好美的星空，完全沒有光害。」

我說，而鈺倫則低著頭從身後抱住我。

「美得簡直像是假的，眞超現實，這星空。」

『但我們是眞的。』

鈺倫說，然後吻住我，這是這一晚，我們最後說的一句話：我們是眞的。

星期日。

因爲沒有辦法臨時找到人代班，所以天一亮、我們用過旅館的早餐就出發；當車裡的廣播終於恢復正常的時候，我們知道，終於是離開了這座迷路的山。

『林俊傑的歌。』

一邊小心翼翼駕駛著山路、鈺倫直視著前方，說。

『她說。』

「滿好聽的。」

我們就這麼專心聽完整首歌之後，鈺倫才又接著說：

『我女朋友很喜歡他的歌，說是每次聽著他的歌的時候，都會覺得他是眞的很愛她，聽了心會碎。她說他的歌聲就是有這種魔力。』鈺倫笑了起來：『眞的很神經，很難想像一個事業成功的女強人會說出這種話來。』

「這是你第一次提到她。」

『我知道。』

依舊直視著前方，鈺倫緊握著方向盤，一字一字的慢慢說道：

『她下週末會回台灣，我會……回家一趟，告訴她。』

「嗯。」

等不到天黑　煙火不會太完美
回憶燒成灰　還是等不到結尾
她曾說的無所謂　我怕一天一天被摧毀

〈她說〉林俊傑
詞／孫燕姿　曲／林俊傑

我把手機關機預先置留在我的學生套房裡，以防止自己這天還是忍不住開機接聽維杰的電話。維杰想告訴我什麼？他想說什麼？

打工結束之後我先回到這間置已久的學生套房，首先做的第一件事情，還是拿出手機，開機，我聽著一通又一通遲來的留言，難過得幾乎說不出話來。

8:55　我現在在高速公路上，聽到留言給我電話好嗎？

10:05　到妳的公寓了，是不在嗎？還是？

12:20　我還在等妳。

14:48　聽到留言給我電話，好嗎？

15:44　好吧，我走了，再見。

而最後一通訊息是午夜十一點五十分，維杰不再留言，他傳的是簡訊；認識維杰以來，這是我收到他的第一封簡訊。

維杰痛恨傳簡訊。

想見我的時候隨時來找我，

我們還是好朋友，請別忘了這一點。

祝你們幸福。

第九章

等不到天黑　不敢凋謝的花蕾
綠葉在跟隨　放開刺痛的滋味
今後不再怕天明　我想只是害怕清醒

〈她說〉林俊傑
詞／孫燕姿　曲／林俊傑

◆之一
鄭維杰

好吧，我走了。再見。

留下給韻芯的最後一通留言時，我嘆了口氣，就這麼坐在她的房間門口前點了根菸，抽。

韻芯的手機沒有響起，一直沒有，她是把手機也帶走了、還是直接關機了？她去哪裡了？和他一起嗎？他是怎麼樣的人？對她好不好？他對她好不好？會不會讓她受委屈掉眼淚還不敢說不能說？都是我的錯嗎？我們之間，這一切，都是我的錯？

沒有人活該一直等你。

在把菸捻熄的同時，我腦子裡不知怎的浮現這句話，這九個字；搖搖頭，我苦笑著拍了拍屁股起身，感覺到胃底有一股苦澀的酸意翻攪著，像似懲罰。我上一次吃東西是什麼時候？我是不是已經超過十二個小時沒有進食了？懲罰。

如果不是胃的強烈抗議不再忍耐，否則我就會直接把車開上高速公路然後回家把自己關在工作室裡獨自喝個醉吧？我想；然而這一整夜這一整天下來，我的胃已經不願意再被我折磨爲我忍耐，於是在交流道前把我的方向盤轉了方向，來到這鎮上唯一的咖啡館；憑著模糊的記憶，我想起這咖啡館的方向在哪裡，我記得那天幫韻芯搬家的時候，當行李大致歸位的時候，首先我們不得不做的就是找家咖啡館喝一杯咖啡。

『這該不會是這鎮上唯一的咖啡館吧？妳糟了妳、小妹，趕快祈求這咖啡館的咖啡夠好喝吧，哈哈。』

當時候她的哥哥好像還這麼說，看好戲似的說，而她爸爸呢？她爸爸說了什麼？

『我比較祈求這星期我和妳媽媽能夠睡好覺。』

是了，當時她爸爸說的是這樣，他擔心的埋怨著：『我就告訴妳選個離家近的學校隨便念一念也好，爲什麼就非得跑到這麼遠的地方念書呢？妳眞的會照顧自己嗎？』

那麼，韻芯呢？

天哪，我幾乎是連回想也不必要、關於當時韻芯的反應，當時韻芯只是聳聳肩膀然後對著她的爸爸和哥哥露出一種接近撒嬌求饒的微笑，接著，她看了我一眼，不必言說也無須確認的一個眼神，卻已經將一切都道盡了：這是我念過的大學，這是她選擇這所大學的原因，就這麼簡單。

That's all。

我們是如此相似的兩個人，當時的我如此想著。我們都和家人情感疏離，而差別在於：她的家人依舊嘗試著找出與她親近的方式，而我的家人則早就已經放棄了接受這狀態，這事實。

服務生送上的簡餐和咖啡打斷了我的思緒，捲起一口義大利麵配著咖啡送進胃袋之後，我繼續回想，自虐似的回想。

她愛過我的，我心想。她當時還是愛著我的，我悲傷的想著，可能她已經決定了不要再眷戀這段似有若無的感情了，但她只是決定好，但她還是眷戀著，當時的韻芯。而我是怎麼把這一切都錯過的？什麼都沒做錯，卻什麼都錯過了，我們。

我們是如此相似的兩個人。

第一眼看到韻芯的時候我還不知道我已經愛上她了，我以為我只是驚訝，驚訝她和我想像中的女作家完全不一樣，驚訝她與其說是女作家、反而更像是從小說裡直接走出來的女孩；後來有了足夠的相處之後，我已經愛上她了，但我卻抗拒著這個事實，我告訴自己我只是把她當成繆思，靈感的泉源，我一方面試著告訴自己別擔心吧、就去愛，然而一方面卻還是不斷不斷的抗拒著，抗拒著愛情會傷人的這個事實。想想你身邊的那些人，想想你遇過的那些人，想想你的妹妹，想想愛情從來就沒為你帶來過什麼好事情；想想子青生前深愛過的子薰，想想你和子薰後來的交往，想想那些來自於過去的陰影撕扯著當時的情感，想想她是如何因為你而改變了自己，又是如何因為你而不再觸碰愛情——你眞的認為你有愛人的能力嗎？

你根本就害怕愛情，你害怕，愛與被愛，都害怕。

你害怕，怕得不得了，害怕；你不配，你清清楚楚明明白白，你不配。

愛會傷人，你明知這是執迷，卻還遲遲不肯醒悟；你被過去怕得過不去，你可憐。

而最最自私的是，你甚至也害怕不再被愛，無論是韻芯，或者是S。

尤其是S。

我想起和S的最後一次見面，在去年我的生日那天，我想起當我看到她手上戴著學弟的手錶時，一切的一切，都因此而昭然若揭了；她總是提早離開的聚會，那些我們早已經看在眼底卻遲遲沒有意會過來的言語祕密，他們早就開始交往了，明知撲火，卻還化身飛蛾。

有什麼樣的愛情會值得我們玩火？

那天我提早離席直接去到學弟在台北的住處，果眞當公寓的門一打開時，映入我眼簾的，就是S的臉，我親眼看著她臉上原本的期待如何瞬間變成無情。完完全全失去了感情的臉，當時S的臉。

「妳知道他結婚了嗎？妳有沒有想過他的老婆他的小孩？」

把感情完全抽離的臉，沉默的看著我，一語不發，不肯說話。

「這値得嗎？」

還是沉默。

「妳愛他什麼？」

『我愛他愛我，我愛我愛他，就這麼簡單。你們爲什麼總要把愛情想得這麼困難又遙遠？」

「愛值得嗎？」

『不要用那種眼神看我，不要用那種口氣跟我說話。』

「什麼？」

『那種溫柔的眼神，那種在乎的口氣，你愛的不是我，我清楚明白得很，你不肯愛我就不要管我！』

「S——」

『子晴，叫我子晴，你得叫我子晴，你可以不愛我，可是你不可以把我的大哥忘記，他把你當成最好的朋友，儘管只是他的一廂情願。』

「我——」

『聽著，我就說這一次，利用這個機會，好好的把話說清楚，關於你和我，我們。』她說：『我不是你失而復得的妹妹，而你也不是上帝還給我的大哥，我學不會你的自欺欺人，那種自我折磨的事情我不做！』

「這種借來的愛情就不折磨？」

『就算折磨也有他陪，沒有所謂的值得不值得，愛情你怎麼稱斤論兩？愛了就是愛了，就算錯了，也不管了。』

「子晴……」

『不要忘記我，我們。』

她說，然後關上大門。

在那天清晨的時候，我接到她傳來的簡訊，她的簡訊一口氣寫道：

Hello & Sorry

如果可以的話，眞的希望我們最後一次的見面可以愉快點，甚至歡笑到令人幸福洋溢，不過沒辦法，這個世界從來就沒有給過我太多選擇，包括我大哥也是，這個世界從來就沒有給過我們太多，不過換個角度想，反正這麼一來的話，它也拿不走我們什麼了，所以也沒有什麼好害怕的了。

我只是想說，不要忘記我，我和我大哥，子青和子晴；我們活得多孤獨，這個世界上還會記得我們的人，畢竟也不多了。這是這個門號傳送出去的最後一封簡訊，給你，特別是你。此後這個門號就不再使用了。

生日快樂！

怎麼做？我想問她，快樂要怎麼才能夠做到；妳好嗎？我想問，妳後來過得好不好？那可以不必是我們的最後一面，可是妳爲什麼卻執意做得如此堅決？妳爲什麼不去他的喪禮？妳好嗎？過得好不好？是不是一個人孤零零的活在這個世界上？無依無靠。我不會忘記妳，和你，子青和子晴，我想告訴妳，親口告訴妳，我保證，不會忘記你們，可是我該怎麼做？妳在哪裡？過得好不好？有沒有人照顧妳？我們爲什麼只能夠是愛情？愛情到底什麼好？眞值得？

『先生……』

服務生走到桌邊打斷了我的思緒和眼淚，我趕緊用手背抹掉臉頰上的淚，然後下意識的看了看手腕上的錶。我問她：

「你們打烊了嗎？我是不是佔用這桌子太久了？」

她微笑著保證還沒有，他們還沒有打烊，雖然確實我是待得有點久了，只碰了幾口的義大利麵早已經完全冷掉，而至於咖啡則忘記在多久之前就喝乾了沒有續杯。不過她走向我爲的不是這個，而是——

『這個手錶，有位小姐要我轉交給你。』

我怔住，望著桌邊她遞過來的學弟的手錶，我僵得動彈不得。

子晴？！

「她走了？」

我徒勞無功的問，然後轉頭望向只剩下我這一桌客人的空盪咖啡館。

「她有說什麼嗎？」

服務生歪著頭回想，然後微笑著搖頭。

「她看起來怎麼樣？過得好不好？」

我還想繼續這麼問，可是我沒有，我忍住沒有這麼神經的問，然後收下手錶，結了帳，起身，離開。

這天在回到台北的時候，望著手機和她轉送的學弟的手錶，我發出了兩封簡訊，明知徒勞，卻還是這麼做了；我不知道爲什麼要這麼做，這麼做還有什麼意義？能挽回什麼。管他去的，那又怎樣？學著子晴的口吻，我這麼告訴自己。

For 子晴：

Hello & Sorry

妳好嗎？

希望妳過得好。

過得比我好。

For 韻芯：

想見我的時候隨時來找我，

我們還是好朋友，請別忘了這一點。

祝你們幸福。

◆之二 徐韻芯

從聖誕節開始，鈺倫就一口氣請了五天的假回家，他告訴圖書館裡的職員是爲了把今年剩餘的休假用完，然而其實眞正的用意我們都心知肚明，我們，包括我。因爲她。只要那個完整擁有鈺倫八年感情的她回台灣，鈺倫就會回家的她；鈺倫一連休了七天的假，爲了她，爲了給她完整的時間，見面。

我沒有辦法抗拒不安的侵擾，自從聽到鈺倫說他請了五天連假要回家的那一刻起，我的腦子裡就不斷不斷的想像著她的模樣，我不停不停揣測著鈺倫面對她、擁抱她、親吻她的畫面，我無法自拔地被自身的幻想迫害，我巨大的不安變成了極度的焦躁，我懷疑我連呼吸都無法自已。

在鈺倫將要回家的前一晚，我從鈺倫的公寓裡跑了出來，而當時我正站在洗衣機前，正準備將洗衣乳注入，但突然的、我感覺到一陣無法忍受的難堪，遲來的難堪，我不知道爲什麼這樣，突然這樣；我回想起第一次使用這洗衣機的時候，我想起當我看著我們的衣服一同在這洗衣機裡翻攪時，我竟湧起一股激動莫名的幸福感，而如今，這彷彿借來的幸福感令我窒息，我明顯的感覺到它掐住我的喉頭，我無法呼吸。我於是快步走回我們的房間，我捉起包包就這麼出門。

離開的時候正好鈺倫走出浴室看見我，他停下腳步不解的看著我，他好像想要開口說些什麼問些什麼，但結果我只是更快步的離開，什麼話也沒有辦法說，什麼反應也沒辦法做。我不想讓他看見我差點就要掉下的眼淚。

我不知道我爲什麼突然激動的想要哭泣，大哭一場，狠狠的，痛快的，大哭一場。我感覺到長久以來一直視而不見的悲傷就要爆發。

爆發

我來到這鎮上唯一的咖啡館，我發現自從和鈺倫交往之後，就沒再在這咖啡館裡遇見過S；我像是正在挑選位子那樣、快速的把整個咖啡館都走過一遍，最後我挑了上次那個隱密到幾乎不存在的座位待下，心情煩躁的向前來點餐的服務生買菸。

『抱歉我們沒有賣菸，而且現在全館禁菸喔，政府規定的。』

她小心翼翼的回應我，我感覺她認出我是這裡的熟面孔，而她正在懷疑著該如何把這兩張臉合而為一。

我沒有說話我只是瞪著她，不久之後菸和我的熱拿鐵一併送上桌，望著那只S慣常抽的香菸盒子，我立刻明白到我有多麼急切的想要見到她。

我深呼吸試著穩住這焦躁，我拿出紙筆試著以寫作來轉移我的注意力。

妳到底他媽的去了哪裡！

當我在寫滿文字的手稿上寫下這句話的時候，我明白終究我的情緒已經接近潰堤，一口氣我把杯子裡的拿鐵喝乾，我決定回家，只是，我該回去哪裡？有什麼地方可以收留我的不安？或許還有脆弱。

無心無緒的起身離開，當我回過神的時候，人已經站在鈺倫的公寓前面，是潛意識裡我依舊想要回到這裡嗎？我猶豫著該不該打開大門假裝什麼事也沒有發生的就這麼回去，或許鈺倫會笑著問我：『剛才是怎麼啦？衣服洗一半就突然走掉？如果不想再洗衣服的話，我可以拿倒垃圾和妳交換哪。』或許他會正經著臉色告訴我：『我們眞的應該談一談，在這之前。』或許——

『嘿！妳住這裡啊原來。』

熟悉的聲音在我面前響起，抬頭，我懷疑我有沒有看錯。

『眞巧，我也住這裡耶。』

眞的是S！

然而我的反應是沉默，整個晚上我一直一直想要看到她找到她和她說說話就算是無關痛癢的話也好，所以我才更不明白爲什麼反而當我眞正遇到她的時候我的反應居然會是沉默？我明明有那麼多的話想問她，我甚至想把那些困住我的難題全部傾訴於她，我——

『這裡有座游泳池，妳知道嗎？』

我點頭，語言依舊還沒恢復能力。而S似乎也無所謂這個，她領著我上正中間這棟大樓頂樓的游泳池，就和鈺倫形容過的一樣，是一處明顯閒置許久的荒池。

「原來游泳池在這裡啊。」

我想這麼告訴她，這句話都已經到了我舌尖，可是我張開了嘴巴，聲音卻憑空的消失。

在無聲的沉默裡，我開始幻想自己此時化身成爲一尾魚，而魚沒有眼淚，也不會靜止。這樣的冥想讓我失控的焦慮終於平息，只是我不確定焦慮的平息究竟是因爲冥想又或者S？

不知道從什麼時候開始，S的存在總是帶給我一種無形的安定力量。

平息了焦慮之後，我終於得以開口問了S一個問題：

「妳說妳住這裡的哪裡？」

『那棟樓的頂樓。』

那棟樓的頂樓。S說，可是她沒說究竟是哪一棟樓，她連指也沒指，似乎那又不是什麼重要的事情那樣。

她接著說：

『不過我就要離開這裡了。』

「妳要去哪裡？」

『還沒想到，或許深山或許海邊，總之希望會是個類似世界盡頭的荒涼地點。』

「為什麼？什麼時候？之後呢？」

S沒有回答我所有的問題，S自顧著只回答她想回答的問題：

『等我把手邊的事情處理完之後就出發。』

「什麼事情？妳要我寫下的故事嗎？」

S點頭，笑著點頭。

『嘿，在這之前，可以先問妳一個問題嗎？我一直就想問的問題。』

「嗯？」

『妳會不會把我忘記？』

我怔住，從來沒有想過這個問題，也從來沒有被這麼問過，我怔怔的搖頭，張開嘴巴想要說些什麼的時候，S卻開始說了：

『和他是在朋友的聚會上認識的。』

「哪個朋友？」

『維杰。』

出乎我意料之外的，S這次竟然乾脆的回答。
「是維杰的學弟，對吧？」
『嗯，我一直就暗示得好明顯，可是妳卻一直猜不到。爲什麼今天突然立刻就猜到了？』
「不曉得。」
眞的，我不曉得。
『妳好像有個什麼不一樣了。』
「……」
『妳和他熟嗎？抱歉我還是沒有辦法說出他的名字，會碎掉。』
我點頭，我明白。按著她擱在游泳池邊的手，我告訴她：
「不算熟，但不意外。」
『本質上他是個欠缺的人喏，好奇怪爲什麼你們都沒有人看出這一點，所有人都只看見他愛玩愛熱鬧、孩子氣的那一面，是不是因爲每個人從來就只會看他們想要看到的那一個面相呢？』
「或許吧。」

S繼續說著他，她回憶裡的他：

『是個矛盾的人喏，這是我第一眼就被他吸引的最大原因，矛盾。我看見那熟悉的氣味像是在說：是的，我們是同類。我看見他的矛盾投射出我所熟悉的氣味，那是妳和維杰這種人永遠不會了解的氣味。』

「什麼意思？」

『寂寞，你們可以和寂寞處得很好，甚至寂寞得自在，你們是同類，但我們不是。』

「……」

『當時我就隱隱約約知道我和這個男人之間是存在著什麼共通點的吧。第一次見面我們對於彼此都只是留下印象而已，但是第二次的見面，我們甚至連試探也不必的，就驚訝的發現彼此是那麼的契合呢，甚至可以說是、我們其實一直存在於對方的生命裡，並且透過種種的巧合以及牽引，終於我們走近了彼此，走進彼此的生命，到達。』

就像是鈺倫之於我嗎？

『他送我最珍貴的禮物是一只手錶。』

「錶？」

我奇怪的看著S空白的手腕，納悶。

『是我的生日，他問我想要什麼樣的生日禮物，結果我說我要他手上的手錶，他好爲難的樣子喔當時，說那只錶他戴了好幾年，都戴出感情了，而且大家也都認得了。不過後來還是脫下來送給我了，他說，沒有辦法把全部的時間都給我，所以——』S哽咽得無法再往下說去，『抱歉。』

「沒關係。」

輕拍著她的肩膀，我說。

我的記憶隨著S的話語而完全鮮明了起來，我想起和她那第二次的見面，我們一行人在夜店的那次，S伏在桌上由狂笑轉爲哭泣的那次；當時有人看見她細細手腕上突兀的大錶，於是引發聯想說了一個並不怎麼高明的笑話——

某些遺失的記憶片段重新回到我的腦海，我想起維杰當時臉色嚴肅的低聲問了S什麼，他們好像很是僵持不下的樣子，可是當時並沒有人知道他們爭執，也沒有人想問，不，或許應該說是：沒有人敢問。

維杰就是有這種能量。

「和維杰是因爲他而鬧得不愉快嗎？」

『嗯。』

「爲什麼？」

『因爲他害怕愛情。』

「嗯？」

『妳一定很難以置信吧？但其實維杰他害怕愛情害怕得不得了喔，和他的過去有關吧、我想，可是都沒有人看出來。其實妳知道嗎？我們這一群人裡面，最寂寞也最需要被伸出手救贖的人，其實是維杰。』

我不知道該怎麼回應這個話題，我只好轉而問S：

「你們分手了嗎？因爲……」

『嗯，我知道。』S苦笑著說：『我以爲妳會問我、我們怎麼以爲我們可以相愛。』

「……」

『因爲吵架所以分手了，很嚴重的爭執喔，他還喝醉了呢。』

「之後就沒再見過面了嗎？」

『嗯，因爲他已經討厭我了吧。』

「妳想太多了吧。」

『眞的喔，那時候我還說了好過分的話，是那種眞的眞的很希望我從來沒有對他說出口的話。』

「什麼樣的話？」

S搖搖頭，S不肯說。

「還想見他嗎？」

『每一分每一秒都想。』

「那起碼打個電話給他吧？」

『他不會再接我的電話了，因爲他已經開始討厭我了。』

我堅持著：

「用我的手機打，忘記號碼的話，妳可以先打去問維杰。」

『怎麼可能忘記。』

S脫口而出，然後猶豫著，我們就這麼僵持了好久好久，她才終於妥協似的，接過我的手機，起身走到游泳池的另一頭，沒一會兒之後，她就走過來把手機還給我。她說：

『如果可以的話，幫我跟他說聲對不起，好嗎？』

不等我說些什麼，S就這麼乾乾脆脆的離開了。

呆望著已經失去餘溫的手機，我做了一個決定，我決定撥出S剛才撥出的號碼，我只是在想，是不是能夠，爲S做些什麼。

電話接通，傳進我耳膜的不是他卻是一個女聲，不等我開口，她就先說了：

『妳不要再打電話來了！』

是他太太嗎？

「我是——」

『人都已經死了，妳還想要怎麼樣！』

「什麼？」

『不，這不是她的聲音。妳是誰？』

我沒回答她，我焦急著問她：

「她知道嗎？」

『她第一個知道，因爲他死的時候就是在跟她講電話！』

「什麼時候的事？」

『七夕那天。妳是誰？』

我沒回答她，我就這麼掛了電話。

——那天我突然很想隨便打個電話給誰，就算是我不認識的人也好，就算是打錯了被掛斷的電話也好，我只是很想很想聽聽人的聲音。

——星期六會南下參加一個朋友的喪禮，本來想方便的話繞道過去探探妳的，不過時間看來可能是沒辦法吧。

——是我認識的人嗎？

——嗯。

我想起第一次在咖啡館遇見S的情景：「他死了？」而S的臉色一沉，表情生氣得就像是希望我立刻從她面前消失那樣，她神經質的反問：『誰？』那是她第一次對我生氣。

我覺得頭昏昏的，眼淚竟就掉了下來。

我沒想過這會是我最後一次親眼看到S。

我還是走回到鈺倫的公寓，因爲我不認爲我現在的情形還擁有獨處的能力。而鈺倫就坐在空盪客廳的地板上，姿態是等待；他看起來好累很擔心的樣子，不等我開口，他就先說了：

『我會帶著答案回來。』

「誰的答案？她的還是你的？」

『韻芯——』

「你有沒有想過，可能當你再回到這裡的時候，會不會我已經走了？」

『妳不要我回去嗎？』

對！我不要你回去！我怕你一見到她就會回心轉意，我怕你回來帶給我的答案是對不起這三個字，我不要任何的對不起我受夠了他媽的對不起！我不要我已經越陷越深我已經完全淪陷可是你卻告訴我對不起請妳把感情抽回去而我們還是結束好不好因爲我們根本就不應該開始！我害怕我們也會走進S的結局，我——

「我害怕。」

結果，我只說了這三個字。

我害怕。

第十章

寂寞，是情緒沒有出口
說了，也沒有人懂。
相愛，是情感覓得入口
哭了，也感覺幸福。

而你，而我
背對著現實的愛
揹不了現實的債
在這場感情的迷霧裡
相愛，走不到終點
被愛，也只是孤獨

◆之一

鄭維杰

接到韻芯的電話，在聖誕節的這一天。

我沒想過居然還能再接到韻芯打來的電話，我把這視爲今年、不，甚至是這輩子收到過最好的聖誕節禮物，這失而復得的韻芯，這韻芯打來的電話。我想這麼告訴她，可是我的喉頭好緊我的呼吸急促我緊張得說不出話來。我只是聽著她說：

『我們見個面好嗎？我有好多的話想問你，也有很多的話想要告訴你，還有事情想要麻煩你。今天可以嗎？』

我什麼時候拒絕過妳？

「可以。」

『還是無名咖啡館？』

「當然。」

當然。

韻芯不要我去接她，她說打算直接從車站過來再回家一趟；我沒有堅持提議要去接她，我感覺到她的身上好像**有個什麼變了**，儘管只是透過電話的短暫交談，但我依舊能夠清晰無比的感覺到這點。

改變了，被拿走了，取而代之了，有個什麼，我認識的韻芯。

我提早來到無名咖啡館等待，依舊是最靠近門口的位置，在第一杯熱咖啡送上桌時，我突然想到曾經和S約定過要帶她來這無名咖啡館的，然而這個約定卻始終沒能成眞，而往後恐怕更是沒有機會了吧，我難過的想到。

總是在錯過，我的人生，寫照。

當冷漠的老闆娘把第二杯熱咖啡送上桌的同時，韻芯也推開這沉重的木頭大門走進來，當我看到眞的好久好久不見的韻芯時，我的感覺是驚訝，是的，驚訝。

我驚訝的以爲此時此刻出現在我眼前的人不是韻芯卻是S，雖然嚴格說起來她們的外表並不是相同類型的女孩，甚至應該說是兩個極端，無論是外表，又或者個性；然而此時此刻，抬頭望著眼前的韻芯，我卻眞的眞的把她錯覺成爲S。

「妳去染頭髮了？」

指著她長直髮上的亞麻色，我問。亞麻色，我記憶裡的S的顏色。而韻芯從來就只維持著黑色長直髮的。

她不再是我記憶裡的韻芯了。

『適合我嗎？』

我據實以告：

「一時之間會習慣不來，不過、嗯，很適合妳，很好看。」

還想說些什麼的時候，冷漠老闆娘卻走過來把手上的熱咖啡端到韻芯的面前，於是這個話題就這麼被結束了。

『沒見到她的時候，我以爲我不想她，然而現在看著她，我才知道原來我很懷念她。』指著已經走回大吧台的冷漠老闆娘，韻芯微笑著說：『我總是和你一起來這無名咖啡館，但我想總有一天我要自己來這裡，從頭到尾沒開口說過半句話，但卻從頭到尾什麼事都完成了。』

「我倒是還過著這樣的日子。」

『呵，眞不賴。』眼睛低低的望著杯子裡的咖啡，韻芯輕著聲音說：『上次的事很抱歉，我表現得很差勁。』

「不，其實妳今天來看我，就已經值回了這一切，眞的。」

她抬頭看著我，等著我，說。

「我以爲再也見不到妳了。」

我以爲我已經失去妳了。

『爲什麼總是不把話說清楚呢？』

「嗯？」

『所有的事，我們之間。你是愛過我的，對嗎？』

「對，也不對。我還是愛著妳的。」

『我一直很愛你，一直在等你，等你開口，等你告訴我，這不只是我單方面的太多情；我等得好累了，我越等越累也越等越怕了，我怕了這樣的自己，我好厭倦。』

「我很……」

我很不想說，可是我知道再不說的話，我就再也沒有機會親口說了；如果這將會是我們之間最後一次的見面，那麼我眞的希望把這些早就該說的、一直錯過的話說出口，告訴她，還有，確定她知道。

我很抱歉。我首先說。我開始說。

我很抱歉讓妳有這樣的感覺，讓妳害怕也讓妳倦。我很自私，我知道，只是我不知道這會讓我錯過妳，失去妳。沒有誰活該要等誰，我很抱歉，很後悔。

從一開始的時候我就喜歡妳了，不只是文字上的妳，還包括眞實的妳；喜歡慢慢變成愛，我知道妳是愛我的，而我也是，可是我沒說，一直沒確認，因爲我自私，我自私的享受著這樣的感情卻又不必揹負愛情裡的種種壞：爭吵、懷疑，以及其他的撕裂。

我以爲我們這樣很好，我以爲可以這樣就好。直到我發現，我已經開始失去妳。

請相信我有多麼痛恨這句話：失去後才懂得該珍惜。全世界上那麼多的話我最恨的就是這一句。可是沒辦法，都是我的錯，是我錯過妳，沒珍惜，錯過妳；我很痛苦，但不後悔。

愛情只會讓人不幸。說這種話眞的很蠢，何況還是親口說出來，但是沒有辦法解釋爲什麼但就是這麼偏執的相信著，迷信著，害怕著。請相信這不是漂亮話而已，但眞的很高興妳還是找到了屬於妳自己的愛情，儘管，男主角，不是我。

「我希望他會對妳很好，讓妳快樂，讓妳好。因爲我自私的覺得，只有這樣，我才可以對得起妳。」

『不只是你的錯。』

「嗯？」

『你緊抱著不放的害怕、執迷，不是你的錯；我們一直錯過了彼此，不只是你的錯，愛情從來不會只是單方面的錯。』

韻芯說，繼續說。

我不知道你爲什麼害怕，不明白你爲什麼執迷，可是我眞的希望你知道，過去它不會傷害你，因爲它就是留在過去了。

「妳變了好多。」我苦笑著說：「是因爲那個人嗎？」

『不，是因爲S。』

我楞住，想也沒想過怎麼會從韻芯的口中聽到S；以一種自己也無法理解的緩慢速度，我慢慢慢的開口，問：

「妳怎麼、會提起她？」

『她回來過，她來找我，她也在那裡，她一直在那裡，而我一直沒有告訴你。』

「爲什麼？」

『我想要懲罰你，你的優柔寡斷，你的不夠勇敢。我以爲你愛的人其實是S。』

「不——」

打斷我，韻芯繼續說：

『直到我終於想清楚，我們之間，不是只有你的錯；我沒有試著去了解你和你的過去，我只是一味的責備你，自私的認爲都是你的錯，讓我們錯過。』

沉默了好一會之後，我才開口說：

「妳變了好多。」

『因爲S，』韻芯接著說：『S說要我幫她寫個故事。』

「什麼故事？」

『她和他的故事。』

我告訴韻芯、我想出去抽根菸。我需要抽根菸。

抽菸，回座，直到第三杯熱咖啡上桌之後，我才終於把聲音找回喉頭，我開口問：

「她後來過得好嗎？」

『我不知道該怎麼說。』

韻芯說起S經常去找她的那座圖書館，她經常站立著閱讀的那個書架，那個總是只被學生經過、卻從來沒有被翻閱過的書架角落，擺放著的是關於生死學方面的書籍。

『我昨天才去確認過，我是不是確認得太晚了？』

韻芯問，而我舉杯喝了口咖啡，嘴底眼角都出現苦澀的味道。

「我很、我還是沒有辦法認同那樣子的愛情，走私，自私。」

『我和他也是。』筆直的凝望著我，韻芯以一種完全空白的表情，一字一句的說：「差別只在於，他還沒有結婚而已。但說穿了這其實也沒有差別，同樣都是借來的，而借來的，總是該要還的。」

韻芯說，然後搖搖頭，我不知道她是對這段感情搖頭，還是搖頭希望我別開口，評論他們的這一段感情，借來的感情。

我沉默。

『我前幾天才知道是學弟，S的他，過世的他。』

「我以為在葬禮上會遇見她，能夠看到她，可是她連去也沒去，一開始還那麼固執著決裂的愛著，但——」

『你為什麼就不能原諒死亡？你為什麼就不能把過去留在過去，放自己一馬？這不是你的錯，甚至也不是任何人的錯。』

別開臉，避開韻芯的眼神，和質問，我讓眼眶裡的淚水滑落；我感覺到韻芯的手輕柔的按上我擱在桌上的手，我很感激她這麼做。

我什麼也沒說，就只是哭，安靜無聲的哭，釋放。

◆之二
徐韻芯

在維杰釋放完眼淚以及脆弱的那個下午，之後我們在無名咖啡館裡再沒開口說一句話，就這麼安靜的陪著對方待著；當最後我們推開無名咖啡館的木頭大門之後，我才告訴今天想要見他的請託：

「我想去上香。」

『為什麼？』維杰一臉的為難，『妳甚至不算認識他。』

「不知道為什麼我就是想要這麼做。」

代替S這麼做。

『我不確定他太太——』

打斷維杰，我說：

「所以我才想請你幫忙，他們畢竟都敬重你這個朋友，不是嗎？」

『我盡力，好嗎？』

「好，謝謝你，這一切。」

維杰笑著擺擺手，什麼也沒說，他只是走向我，然後擁住我；在台北的街頭，我們相擁而笑，像朋友，也像情人。然後，我們微笑著道別。

我不知道未來會帶著我們怎麼走，只希望維杰好好的放開他過去的結，放自己一馬，把自己過好，還有，明白人並非完美，絕對不可能完美，也沒有辦法把人生中的每一件事情都做對，尤其是過去。所以，我眞的眞的希望他在往後的人生中、在適當的時候，記得告訴自己這一句話：**It's not all your fault.**

當晚我接到維杰的電話，他說事情都已經安排好了，接著維杰告訴我，他們的老家其實就在我目前就讀的鄉鎭。

——那妳怎麼會在這裡？既然妳說妳不是這裡的人。

——我這陣子有點事所以住在這附近。

S……固執著不願承認最愛的人已經死去的S，最後依舊選擇了最接近他的地區生活著，孤獨的活著。

妳好嗎？

『怎麼了?不說話?』

在手機的那頭，維杰擔心的問著我。

「沒事，只是剛好想到一些事情。」

我說，而維杰也沉默，或許此時此刻我們想的是同樣的事吧?妳好嗎?S。

『妳打算什麼時候去?我陪妳。』

「明天，如果可以的話，我就請假。」

『好。』

在南下的車程裡，維杰說:

『那天，參加葬禮的那天，本來結束之後我是很想突然去找妳的，我想出其不意的到你們學校的圖書館，想看看妳工作的樣子。』

「但是你沒來。」

『嗯，終究我還是沒有去。如果那時候我去了，那麼結果是不是就會完全不一樣了?』

維杰問，而我沒說話，我不知道，天知道。我只知道如果總是很多，但結果永遠只有一種。

『其實我還滿嫉妒學弟的。』

「怎麼說？」

『我嫉妒他敢愛，總是勇敢愛。』

我們的對話隨著目的地的到達而停止。那是一棟佔地廣闊的獨門別墅，維杰說每次到訪的時候總會讓他有一種太過空曠的感覺，因爲這麼大的房子，住的卻只有他的雙親和他的妻與子。

『以前我們大夥人總在這裡烤肉喝酒嬉笑怒罵，吵得他爸爸一看到我們就皺眉頭，後來畢業了，他簡直就像逃跑似的跑去台北找我們，這樣子皺眉頭的人換成了是我，因爲他們總是去我的工作室攪和，害我拖稿。』維杰微笑著回憶，然後搖搖頭：『這地方太安靜了，他怎麼可能待得住。』

才想說些什麼的時候，大門被打了開，而出現在我們眼前的是一個手牽著年幼小孩的年輕女子；看著他們的孩子，他原本模糊的臉瞬間從我的記憶裡清晰了：他沒有完全死去，他還留下了生命，延續了他的未完成，我心想。而至於他的妻子，則是臉上明顯寫著壓抑，這是她給我的第一印象。

維杰簡短的爲我們相互介紹，而他的妻微笑著點頭，眼神有點奇怪的瞥了我一眼，但沒說什麼；她領著我們走到最頂樓的一處供奉神祇的大廳，她說：

『骨灰還擺在家裡，這樣的做法很奇怪吧？』

我們同時搖頭，而她遞了香給我們，喃喃自語似的又說：

『活著的時候總是往外頭跑，現在總算是哪也去不了了。』

我不確定她是說給他聽，還是說給自己聽。

上香，下樓。

我們按著她的指示在客廳坐定，同時見過兩位老人家，他們好像很高興再一次看到維杰的樣子，實際上所有人看到維杰都是這樣子的反應，所以我才不明白，S爲何能夠一眼就看穿維杰的脆弱，和寂寞。

兩位老人家親密的拉著維杰一直一直說著往事還有已經變成回憶的他，而我僅是靜靜的坐在維杰的身邊，微笑著傾聽；突然之間，他的妻默默移坐到我身邊，低聲問我要不要到他生前的房間去看看？沒有理由拒絕，於是我點頭，接著我們離開他們的熱絡氣氛、安安靜靜地走上樓。

『這是他的書房。』

他的妻說。她說這是他的書房，而書房裡卻擺著一張顯眼的沙發床，感覺像是刺眼那般，她把眼神移開然後走到書架前，輕拂著那些早已經失去了主人的書籍。

『他很崇拜維杰。他總說如果不是太靜不下來的話，憑他的才能，應該也能夠擁有維杰那樣的成就，不過……不知道了，永遠沒辦法知道了。妳見過他嗎？』

「嗯，在他們的聚會上，不過不熟。」

『那妳大概有概念他是什麼樣的人，是那種只消一眼就可以知道這個人是什麼個性甚至怎麼長成的那種人，我的丈夫。』

是嗎？妳眞的了解他嗎？了解過？還是自以爲是的了解？

我什麼都沒說，我聽著她問：

『聽維杰說妳是個作家？』

「嗯。」

『妳也知道他們的事嗎？』

「她是我朋友。」

『朋友，』她話裡摻雜著諷刺和恨意，她說：『因爲自身的遭遇吧？我看了很多書，我覺得很奇怪，你們這些偉大的作家都寫著愛情的美好——我的意思是，你們歌誦愛情的感人，但我卻找不到任何被背叛者的聲音。我覺得很不公平，爲什麼我就得去成全他們的愛情呢？憑什麼呢？他們的愛情就比較偉大嗎？』

「……」

『我們也愛過。』凝望著我，她堅定的說：『妳知道嗎？我們愛過也快樂過，爲什麼卻要因爲她的介入而被推翻呢？』

我避開她的注視，因爲我突然有一種她其實訴說的對象是我的這種錯覺；我恍惚的錯覺此時此刻站在我的眼前說著這話的人不是他的妻子，卻是鈺倫的她。未曾謀面的她，此時此刻，是否也在鈺倫的面前，聽著我們所發生的一切，哭泣？

『我從頭到尾不答應離婚，爲什麼我要離婚？我該做的事情是挽救我的婚姻完整我的家庭而不是放棄，這樣不對嗎？我做錯了嗎？』

她的聲音懸在空氣裡好久，最後她啞了聲音，她沙啞了的聲音裡，不再有方才的堅定，她像是垮掉了似的說：

『我一直一直就這麼告訴自己，催眠自己，可是越來我越難免會自責，是不是他的死其實我也有錯呢？如果我當初放手了成全了，會不會他就不用死了呢？』

「不——」

『眞的，那天我們大吵一架，因爲他又提離婚，認識她之後，他反而比較常回家來，爲的是求我和他離婚。我眞的受不了了，最痛苦最無辜的人應該是我吧？不是嗎？我說我死也不會答應離婚，還說我要他們兩個都毀滅，就算搞得我們三個人都難堪我也不在乎，反正他早就不在乎我了。我要他們爲自己的自私付出代價——』

她停下了快速吐送出的話語，掩面，啜泣。

『我不知道我當時還說了什麼話，但絕對都是不堪入耳的話吧。他那時候已經喝了很多酒，他喝醉了還出門，還開車，爲的是去找她，她！』

「……」

『我算什麼呢？他到死的時候都還愛著她，而他死的時候我也是，還愛他；可是他卻讓我感覺到我對他的愛情像是個笑話，我恨他就這麼乾脆的死掉，那我呢？

我們怎麼辦？被留下來的我們怎麼辦？』

我握著她因爲悲傷爆發而顫抖的肩膀，我不知道該怎麼安慰她，只除了讓她盡情的宣洩，她的苦，她的痛，或許，還有她未完的愛。

「她，她要我轉達妳一句話。」

『……』

「她眞的，對妳充滿歉意。」

『下樓吧。』

她沒有回應，她結果只這麼說。

下樓。

回到客廳時她的情緒彷彿瞬間恢復平靜，很難想像不過就是一分鐘以前，她還那麼激動過。而客廳裡的兩位老人家像是和維杰把話題都聊完了似的，開始親切的詢問起我的一切，當他們聽說我和維杰當年一樣、離開台北來到這鎮上念書時，他們很興奮的問我現在住哪裡？

想了想，我說了鈺倫的住處，因爲我記不起來我租屋處的地址，也不曉得該怎麼形容。而他們聽了之後點點頭，然後說：

『那也是我們的房子喔。』

——真巧，我也住這裡耶。

——不過啊，現在的我確實是不敢再和誰吵架囉。因爲代價太大了。

當時S的話語在我的耳畔響起，我用盡全身的力氣保持微笑然後點頭，接著我假裝沒事般的借了洗手間，當我把洗手間的門關上之後，打開水龍頭，讓眼淚再也不用勉強忍住。

孤孤單單的妳，如今還能去哪裡？

隔天一早我收到他的妻子所寄來的信，信上沒有郵戳，大概是我們離開的當晚她立刻就提筆寫下、然後開車親自送來的吧？我猜。

在信的開頭她首先爲了擅自向維杰要我的地址而道歉，接著她一點客套也沒有的，直接就寫下她想對我說的話。她說很抱歉，昨天她的態度與其說是不友善、倒不如直接說是充滿了敵意，因爲她始終認爲我是S，儘管維杰事先就說明了這點，但顯然她並不相信，她失去了所有一切的信任。

失去了，被拿走了。

正如她信上所寫的，她並沒有見過S，而這也正是她把我誤認爲S的原因，因爲在她看來，我的外表正是她想像中的S，她聽說的S，他直到死亡的那一刻都還愛著的S。

都拿出來給她了，那份被封藏在心底，拿也拿不出來的感情，都拿出來給她了。

可以的話請妳替我轉告她這一點，因爲，這是她應該知道的。

但這並不代表我就原諒了她，因爲那種恨是一輩子的，

而我不想用自欺欺人的態度繼續我未完的人生。

讀著她信的最末，我做了一個決定，我去到鈺倫的公寓，把行李打包，選擇在他回來之前，搬離他的公寓，最後，我傳送一封簡訊給他，上頭簡簡單單只寫著：

這是我的選擇，這是我的答案。

然後我把手機關機。

本來我是很想要學S那樣，乾脆把手機丟進垃圾桶算了的，不過最後我還是沒有那麼做，我是我，我不是S。

那天之後我直接去上班，沒有忐忑也沒有不安，沒有當時開始和鈺倫相愛時的那個我。下了班之後我沒有去上課，我直接回到一個人的學生套房，什麼事也沒有辦法做、只除了寫作，繼續寫下那未完成的故事，那牽引著我和S的故事。我有種無論如何也想要盡快完成它的渴望，寫得手痠痛了麻木了，寫得視線教眼淚模糊了，我依舊停不下筆，因爲不這麼做我就沒有辦法忽略心底那巨大的疼痛。

就如同S曾經說過的那樣，會碎掉。

就這麼瘋了似的寫，寫到天都亮了我還是寫，寫到不得不去圖書館打工了我才終於得以把手中的筆停下。

圖書館——

『妳的氣色怎麼這麼差？』

一見到我，櫃檯的兩個女孩便驚呼道。

「沒睡好吧。」

『是不是發燒了？妳臉好紅。』

「不曉得，我——」

『天哪，妳好燙！』

這是我最後記得的事情。

最終章

我會用一輩子的時間來忘記你。

——S

徐韻芯

應該是夢吧？可是感覺卻又太眞實。

我夢見我在一個陌生的房間裡，打開窗戶接著把房間裡的東西一樣樣的往窗外丟去，畫面裡的這個人確實**就是我**沒有錯，但彷彿正站在夢的頂端注視著這場夢的另外一個我，卻明確的感覺到這夢裡的我不是我，而是S。

接著我的手機響起，帶著濃重酒意的男聲傳進我的耳膜：

『妳還愛我嗎？』

我想開口，可是全身卻像是失去了力氣那般，我癱軟得說不出話來。

『我喝醉了，現在在開車。妳還愛我嗎？』

回答，我想回答，可是我張開了嘴巴卻找不到聲音。

『時速一百七了。妳還愛我嗎？』

回答，求求妳回答。

『一百九。妳還愛我嗎？』

回答，妳回答！

『兩百。妳還愛我嗎？』

回答！

『我還是愛妳的，我還是好愛妳。』

我沒聽過那麼悲傷的聲音。

接著夢境再換，我重新回到那次和鈺倫臨時起意的溫泉旅途中迷路的深山裡，我們一直開啊開的、卻怎麼也開不出這座山，接著鈺倫轉頭告訴我：

『乾脆就在這裡蓋個房子隱姓埋名的住下來算了。』

「那是不對的。」

『我還是愛妳的，我還是好愛妳。』

駕駛座上鈺倫的臉換成了他的臉，他悲傷的告訴我：我還是愛妳的，我還是好愛妳。悲傷的聲音幻化成爲無形的壓力往我身體逼來，越來越近，越來越近，越來越近——

『結果去的不是深山，是海邊，是被遺忘的海喲。』

夢的場景再換。我躺在自己的床上，而S就坐在我的身邊，我看不到她，只聽得到她。我問她：

「找到他了嗎？」

『他一直都在，從來沒有離開過喔，只是沒有人知道而已。』

「他，他的妻子要我告訴妳，都拿出來給妳了，他的感情。」

『謝謝妳。』

「嗯？」

『故事，完成了，不是嗎？』

「嗯。」

『謝謝妳，所有的一切。』

「S……妳已經死掉了，是嗎？」

『死了幹嘛還回來呢？』

「我還能看到妳嗎？」

她沒有回答。

「妳去了哪裡？」

『海邊，不是告訴妳了嗎？結果去的不是深山是海邊。是一面被遺忘的海喲，海邊民宿的老闆娘看起來總是心情不太好的樣子，不過人倒是滿好的喲；長得很漂亮喔，就是有點駝背不太好。』

「妳在說什麼？什麼老闆娘？哪裡的海邊民宿？」

S沒有回答我，S突兀的反問我：

『嘿！妳會記得我嗎？請記得我好嗎？』

「好。」

『那就眞是太棒了，因爲我也會永遠記得妳。』

「S——」

『嘿！幫我告訴他，我會永遠記得他。』

「誰？」

『維杰。』

倒抽了一口氣我驚醒過來，我發現**在這個現實裡**我依舊是躺在自己的床上，我環顧四周：沒有電話，也沒有S。但是維杰在。

『妳一直在做夢啊。』

而，這是他開口的第一句話，然後摸了摸我的額頭，維杰露出鬆了一口氣的表情。

『總算是退燒了，妳看起來氣色好差，妳是幾天沒睡了？』

「今天是幾號？」

『今年的最後一天。』

「你怎麼？我——」

『妳在圖書館昏倒了，然後她們用妳的手機打給我，我是妳最後撥出的號碼；等到我飆車趕來的時候，她們已經把妳送去醫院了，最後在所有人的責備眼神裡，我把妳送回這裡。』

「……」

『這次不是我的錯，我想這麼告訴他們，不過還好我沒有。』維杰試著輕鬆的說，然而他的表情卻是掩不住的緊張。

『嘿！』

「嗯？」

『我很害怕。』

我很害怕，維杰開始說。接到妳的電話但聽到的卻是陌生的聲音時，我很害怕，我怕得忘記要通知妳的家人就這麼直接趕過來，然後在妳的房間和圖書館之間橫衝直撞的，連基本的理智都丟了。

『我不知道妳怎麼了？我以爲妳死了。我一想到從此就再也見不到妳了，不是那種知道妳還活著、只是不能再見面的不能見面，而是妳已經死了，就算想見也見不到面的那種，我……很害怕，害怕得在醫院裡當著大家的面哭了出來，或許其實他們是因爲這樣瞪我的吧？妳又沒死掉，只是昏倒了而已，可是我——』

「維杰……」

伸出手，我輕拂著維杰臉頰上的淚，我感受著淚水的溫度，我讓他反手把我的手握緊，握進他的胸口裡。

『跟我回台北，好不好？』

「……」

『讓我照顧妳，終於擁有妳，不再錯過妳；我還有好多的話想要告訴妳，好多回憶想要有妳一起，我已經錯過妳一次，沒有關係我認了，可是我不想要再錯過妳第二次，我不想用一輩子的時間來後悔，來忘記妳。』

我想起了那場夢，我想起了S，我想起了那悲傷的聲音悲傷的問著，反覆問著。轉頭，我凝望著近在眼前的維杰，開口，我問他：

「你，還愛我嗎？」

我看著維杰點頭，我聽見維杰說：

『我不想用一輩子的時間來忘記妳，因爲，我想用一輩子的時間來愛妳。』

——The End——

被愛，卻孤獨／橘子作. – 初版
– 臺北市：春天出版國際, 2011. 06
面； 公分. –（橘子作品集；26）
ISBN 978-986-6345-88-3（平裝）
857.7 100011517
國家圖書館出版品預行編目資料

被愛，卻孤獨

橘子作品集 26

作 者◎橘子
總 編 輯◎莊宜勳
主 編◎鍾靈
封面設計◎克里斯

發 行 人◎蘇彥誠
出 版 者◎春天出版國際文化有限公司
地 址◎台北市信義路四段458號3樓
電 話◎02-7718-0898
傳 眞◎02-7718-2388
E-mail ◎frank.spring@msa.hinet.net
網 址◎http://www.bookspring.com.tw
部 落 格◎http://blog.pixnet.net/bookspring
郵政帳號◎19705538
戶 名◎春天出版國際文化有限公司
法律顧問◎蕭顯忠律師事務所
出版日期◎二〇一三年十二月初版六十二刷
定 價◎220元

總 經 銷◎楨德圖書事業有限公司
地 址◎新北市新店區寶興路45巷6弄6號5樓
電 話◎02-8919-3186
傳 眞◎02-8914-5524
香港總代理◎一代匯集
地 址◎九龍旺角塘尾道64號 龍駒企業大廈10 B&D室
電 話◎852-2783-8102
傳 眞◎852-2396-0050
排 版◎浩瀚電腦排版股份有限公司
印 刷 所◎鴻霖印刷傳媒股份有限公司

ISBN 978-986-6345-88-3
Printed in Taiwan